Lina Sobolewski
Der Schwanenprinz

Der Schwanenprinz

Historischer Roman

IMPRESSUM

Bibliografische Information der Deutschen Nationalbibliothek: Die deutsche Nationalbibliothek verzeichnet diese Publikation in der deutschen Nationalbibliografie, detaillierte bibliografische Daten sind im Internet über dnb.dnb.de abrufbar.

©2024 Lina Sobolewski

Herstellung und Verlag: BoD - Books on Demand, Norderstedt

ISBN: 978-3-7583-6565-2

Für Opa

Inhalt

I

1.KAPITEL

EIN LEBEN IM SCHATTEN

„29. SEPTEMBER 1845, SCHLOSS NYMPHENBURG"

„Eure königliche Hoheit, es ist angerichtet."
Kronprinz Maximilian von Bayern nickte der Bediensteten nur kurz abwesend zu und vertiefte sich
dann wieder in seine Aufzeichnungen. Er hörte die
Worte zwar, aber wirklich wahrgenommen hatte er
sie nicht. Er hatte auch gar keinen Hunger. Das war
eigentlich ungewöhnlich für ihn. Heute war wieder
einer dieser Tage, heute ließen ihn seine Gedanken
für keine Sekunde in Ruhe. Er hatte den ganzen
Nachmittag lang schon alles versucht, um den ständigen Kreislauf in seinem Kopf zu stoppen, er hatte
Tagebuch geschrieben, Akten sortiert, sich rasiert
und war an die frische Luft gegangen, aber nichts
führte zum Erfolg, zu der inneren Ruhe, nach der er
sich so sehr sehnte. Das einzige Ergebnis seiner Be-
mühungen war ein unglaubliches Chaos auf Max'
Schreibtisch. Bei dem Versuch, dieses wieder in
Ordnung zu bringen, war er auf einen alten Ordner

gestoßen. Erst hatte er ihn zur Seite gelegt, doch dann, aus reiner Neugier heraus, doch geöffnet. Dass er das lieber hätte lassen sollen, zeigte ihm das Chaos, das sich jetzt von seinem Schreibtisch gleichermaßen auf seinen Kopf und sein Herz ausgeweitet hatte. In dem Ordner war etwas gewesen, das er verloren gedacht hatte. Irgendwo zwischen all den Akten verschwunden, bedauerlich- aber vielleicht besser so. Denn die Realität brach die Versprechen, die auf dem alten Papier standen. Die so oft beteuerte Liebe hatte sich in Ignoranz und Abneigung gewandelt, die poetisch beschriebene Vorfreude zu Frust und Enttäuschung, die ihm seine Frau jeden Tag aufs Neue offen zeigte. Nichts war mehr übrig von der jugendlichen Verliebtheit, die sie in ihren ersten Briefen an Max beteuert hatte. Sie, die nun seine Ehefrau war. Sie- Marie, die bildhübsche Prinzessin.

Von den so liebevoll geschriebenen Zeilen hatte Max sich sofort gedanklich in das Jahr 1841 zurückversetzen lassen. Nur, um die Leichtigkeit dieser Monate noch einmal zu erleben. Nur kurz, für ein paar Sekunden. Und plötzlich war er wieder drei Jahre jünger und frisch verliebt gewesen. Max konnte sich noch allzu gut an dieses Gefühl erinnern und wollte sich daran für den Rest seines Lebens festklammern, wie an einem Tau, das ihn über dem dunklen Abgrund der Realität hielt.

Als er die damalige preußische Prinzessin Friederike Franziska Auguste Marie Hedwig, wie Marie mit vollem Namen hieß, zum ersten Mal gesehen hatte, mit ihren langen, braunen Haaren und den wachen Augen, war es sofort um ihn geschehen gewesen. Dabei hatte Maximilian nach dem vorangegangenen, misslungenen diplomatischen Verkupplungsversuch mit einer Zarentochter niemals daran gedacht, zu heiraten. Außerdem hatte er sich mit 30 Jahren bereits viel zu alt gefühlt, um sich richtig zu verlieben. Der Druck von allen Seiten war zwar mit jedem seiner Lebensjahre als Junggeselle gewachsen, und immer wieder hatte Max' Vater, König Ludwig I, versucht, seinen Sohn zum Heiraten zu bewegen, aber Maximilian hatte sich still und heimlich schon damit abgefunden, allein zu bleiben-Thronfolge hin oder her. Aber dann hatte er sein Mariechen zum ersten Mal gesehen. Eine lebensfrohe, jugendliche- vielleicht, weil sie damals erst 16 gewesen war- und unglaubliche schöne Frau. Sofort hatte er um ihre Hand angehalten. Und welche Eltern hätten zu dem Antrag eines Kronprinzen schon „Nein" gesagt?

Max hatte nicht erwartet, dass seine Liebe von dem Mädchen selbst erwidert werden würde. Er war nicht sonderlich attraktiv, wortgewandt oder stark. Und doch schien es anfangs, als wäre Marie ihm gegenüber nicht abgeneigt. Es war alles perfekt gewesen, die zwei Familien beglückwünschten Max und Marie immer wieder zur Verlobung, denn die Verbindung war für beide Seiten äußerst sinnvoll. Die bayrische Königsfamilie und die preußische

Hohenzollern-Dynastie gehörten zu den angesehensten Familien Europas. Marie brachte alle Qualitäten einer guten Ehefrau, Königin und Mutter des zukünftigen Thronfolgers mit. Sie war schön, gebildet und gesund. Max hatte sein Glück kaum fassen können. Selbst sein Vater war einmal mit Maximilian, den er sonst gern als Enttäuschung bezeichnete, zufrieden gewesen.

Und Max hatte sich wirklich angestrengt, das Herz von Marie langfristig zu gewinnen. Der sonst künstlerisch eher weniger Interessierte Kronprinz hatte Marie unzählige Liebesgedichte und Briefe geschrieben, und heiraten wollte er so bald, wie nur irgend möglich.

Die Hochzeit wurde für den Januar 1842 geplant. Aber nur kurze Zeit vor dem Termin erkrankte die Braut schwer, an Masern, und eine Verschiebung bis zur Genesung war unerlässlich. Sobald Marie wieder genesen war, kam das nächste Hindernis auf das junge Paar zu: Marie musste vor ihrer Hochzeit konfirmiert werden, diese Zeremonie ging vor. Maries Familie gehörte dem evangelischen Glauben an, bei der Konfirmation seiner Verlobten wohnte der katholische Max zum ersten Mal einem evangelischen Gottesdienst bei. Ein königliches Paar, das bei der Trauung nicht den gleichen Glauben hatte, war alles andere als konventionell. Max hatte sich bei der Verlobung keine Gedanken darüber gemacht, denn für ihn war es selbstverständlich gewesen, dass seine Braut für ihn konvertieren würde. So sah es die Tradition schließlich vor. Dann wäre auch keine Konfirmation nötig gewesen und er hätte sie früher heiraten können. Doch Marie hatte wohl nicht einmal daran gedacht. Hier hatte Max erstmals ihre starrköpfige Seite kennengelernt, über die er sich heutzutage so oft ärgerte. Und es war noch schlimmer gekommen: Sie hatte sich schlichtweg geweigert, in einer katholische Trauung verheiratet zu werden. Und natürlich hatte Max nachgegeben. Ein Muster, das sich seitdem durch ihre Ehe zog. Diesen ersten Kompromiss bereute er noch immer, aber er hatte seine Marie doch so schnell wie möglich heiraten wollen und dabei auch in Kauf genommen, dies in einer evangelische Prokurativtrauung zu tun. Max war also aus Respekt vor seinem Glauben bei der eigenen Hochzeit nicht anwesend gewesen und hatte sich durch Prinz Wilhelm von Preußen vertreten lassen. Keine Spur von Romantik.

Nach diesen Startschwierigkeiten allerdings hatte wieder Harmonie im Leben des bayrischen Kronprinzen einkehren sollen und die Hoffnung, mit Marie die Richtige Frau, eine treue, lebenslustige Weggefährtin gefunden zu haben, war noch für einige Zeit am Leben geblieben, denn Max' frisch angetraute Braut hatte sehr zufrieden in Bayern gewirkt.

Schnell war sie zum Liebling des Volkes geworden, hatte gelernt, die Natur in den Bergen zu lieben und auf Empfängen stets wunderschön gelächelt.

Mit der Zeit kam in Max immer wieder die Frage auf, ob ihre Liebe zu der Landschaft größer war, als die zu ihm.

Marie war in jeder freien Sekunde wandern gegangen, das tat sie auch jetzt noch, sie vermeid Zweisamkeit mit ihrem Ehemann um jeden Preis und wenn sie dann doch allein waren, schwieg sie und machte keinen Hehl daraus, dass sie sich unwohl fühlte.

Andererseits hatte sie durchaus gute Ideen, wenn Max sie um Rat bat und sprach am gemeinsamen Familientisch mit unvergleichlichem Charme und königlicher Würde. Dann drängte sie Max fast in den Hintergrund. Angesprochen hätte er das natürlich niemals, denn ein Mann ließ sich doch nicht von seiner Frau ausboten!

Aber wenn es Meinungsverschiedenheiten zwischen dem Ehepaar gab, dann setzte sich immer Marie durch, und Max, schnell müde von den ständigen Diskussionen, folgte ihrem Temperament bald nur noch. Über die Jahre verstand er das Sprichwort „Aussehen ist nicht Alles" ganz genau.

Doch Alle waren zufrieden mit seiner Auswahl. Besonders sein Vater. Ludwig hatte ihm, obwohl auch er von Maries Durchsetzungskraft gehört hatte, immer gesagt: „Die Marie wird dir wunderschöne und gesunde Kinder bringen." Und dann hatte er noch spöttisch hinzugefügt: „Ein Mann wie du braucht eine Frau wie sie, sonst triffst du gar keine Entscheidungen mehr!" Natürlich. Alles diente nur

dem Zweck. Und besonders der gesicherten Thron-
folge. Das war doch der Grund, weshalb sein Vater
so sehr darauf bestanden hatte, dass Max in jungen
Jahren heiraten würde. Das Gefühl, eine Spielfigur
auf dem Schachbrett seines Vaters zu sein, sollte sich
durch Max' ganzes Leben ziehen.

Kinder mussten her. Eine riesige persönliche
Veränderung, und doch nur eine weitere Aufgabe,
die erfüllt werden musste. Trotzdem hatte Maximilian noch immer die Hoffnung gehabt, dass Kinder
das schnell abgekühlte Verhältnis zwischen ihm
und Marie wieder auftauen würden. Schließlich war
die Voraussetzung für gemeinsame Kinder eine ge-
wisse körperliche Intimität, nach der Max sich sehr
sehnte.

Marie hatte es allerdings nur als eine weitere
Pflicht angesehen, einen Thronfolger zur Welt zu
bringen. Sie hatte Alles, was dafür nötig gewesen
war, still über sich ergehen lassen und auch während der Schwangerschaft nie eine Emotion gezeigt,
sie hatte sich nicht beschwert, aber auch von Vorfreude auf das Kind war keine Spur gewesen.

Als Sie einige Monate nach der Hochzeit eine
Fehlgeburt erlitten hatte, hatte sie nur mit den Schultern gezuckt.

Doch plötzlich, kurze Zeit später, hatte Marie im
August 1845 doch ein gesundes Kind geboren. Einen
Jungen, an dem nichts von der fehlenden Leiden-

schaft zu sehen war. Ein wunderschönes und gesundes Kind.

Auch heute, mehr als einen Monat nach der Geburt, hatte Maximilian noch immer nicht wirklich realisiert, dass er wirklich Vater geworden war. Also beschloss er, es ein für alle Mal aufzuschreiben. „Diese Zeilen sollten Dir die frohe Botschaft bringen, dass der Herr unsere teure Marie mit einem holden, starken Knaben gesegnet hat und zwar an meines Vaters Geburtstag, worüber er innig erfreut ist." Mit diesen Worten begann Max den Brief an seinen Schwager, den Prinzen Adalbert von Preußen. Während er die Worte schrieb, konnte er sich ein Lächeln nicht verkneifen, und ein aufgeregtes Kribbeln stieg in ihm empor, als er an den Tag, an dem sich sein Leben für immer verändert hatte, zurückdachte. Die Mischung aus überwältigender Freude und unglaublicher Erleichterung, welche er in dem Moment, in dem sein Sohn das Licht der Welt erblickt hatte, gefühlt hatte, war kaum zu beschreiben. Erleichterung, weil die Geburt gewiss nicht einfach gewesen war.

Nicht nur Maximilian, sondern auch seine Eltern, das bayrische Königspaar, hatten die fast 20 Stunden, in denen die arme Marie in den Wehen gelegen hatte, gebangt und gehofft. Nach der Geburt war Marie für einige Tage sehr schwach gewesen, aber schnell hatte die Freude des Mutterseins ihre Schmerzen überwunden.

„Der Augenblick, wo das Kind den ersten Schrei tat, war ein herrlicher. Die gute Marie hatte plötzlich alle Schmerzen vergessen", schrieb Maximilian weiter. Offiziell sollte der Brief seinem Schwager die frohe Nachricht überbringen, die allerdings schon direkt nach der Geburt des Jungen mit 101 Kanonenschüssen in Nymphenburg verkündet worden war und sich mittlerweile sicher weit herumgesprochen hatte.

Aber Max wollte die Form wahren und außerdem fühlte es sich gut an, von der Geburt des eigenen Kindes zu schreiben, es machte ihn stolz. Das ganze Volk freute sich mit der Wittelsbacher Königsfamilie.

Doch obwohl Max unglaublich dankbar für seinen Sohn war, wurde auch das Ereignis seiner Geburt wieder durch die Umstände getrübt. Denn eine Person freute sich noch mehr, als der Kindesvater selbst. Ludwig I. Wie immer, hatte Max' Vater am Ende gewonnen. Es konnte ja nichts einmal ausschließlich zu Max' Gunsten ausgehen.

Man hätte denken sollen, dass Max mit der Gründung seiner eigenen Familie endlich, mit 33 Jahren, etwas hatte, das ihn von seinem Vater loslöste. Aber 28 Minuten hatten Max vom stolzen Vater zum Statisten im Leben zweier Männer gemacht. Zum schlichten Bindeglied zwischen zwei schillernden Persönlichkeiten.

28 Minuten nach Mitternacht, 28 Minuten nach Anbruch des 25. August 1845. Das Datum, das Max sich am allerwenigsten für die Geburt seines Sohnes

gewünscht hätte. Das Datum, an dem 59 Jahre zuvor auch Ludwig I das Licht der Welt erblickt hatte. Der Namenstag von „Ludwig"- dabei hatte Max seinen Sohn Otto, nach dem Vorbild des Stammvaters der Wittelsbacher Dynastie, nennen wollen.

Dieser Name hatte natürlich nicht einmal mehr zur Debatte gestanden. Nur einen Tag darauf wurde der Junge, in Anwesenheit des stolzen Taufpaten und Großvaters, auf den Namen Ludwig getauft.

Jetzt hieß sein erster Sohn so wie sein Vater, die beiden wären für den Rest ihres Lebens verbunden. Maximilian fühlte sich übergangen, und nicht nur das, denn sein Vater kontrollierte nicht nur sein gesamtes Leben, sondern auch den Namen seines Kindes. Es fühlte sich an, als sei Max wieder ein zehnjähriger Junge, der voll und ganz unter dem Befehl seines Vater stand und in sein Kissen weinte, weil er nachmittags nicht spielen durfte. Aber das konnte er so natürlich nicht schreiben. Seine Gefühle waren ja nur das Gejammer eines ängstlichen und gewöhnlichen Thronfolgers. Trotzdem- durch den Namen, den die beiden teilten, fühlte es sich für Max an, als sei der kleine Ludwig nicht sein Sohn, sondern der des „großen" Ludwig. Und die Gerüchte, die in München kursierten, kränkten ihn noch mehr.

Der Respekt, den Könige im Volk genossen, war lange nichts mehr derselbe wie im Mittelalter. Die Menschen lästerten und zerrissen sich die Münder, auch über ihren Herrscher, den sie doch eigentlich respektieren mussten.

Und das nirgendwo so gern, wie in München, das war Max gewohnt. Aber dass geflüstert wurde, Max sei impotent und Ludwig I hätte sich selbst seiner Schwiegertochter angenommen, das war nun doch zu viel für den ohnehin schon unsicheren jungen Mann.

Eigentlich hatte er sich schon damit abgefunden, immer im Schatten seines Vaters stehen zu müssen. Warum auch nicht, Maximilian hatte eben eine ruhigere Art, er verabscheute Prunk, Gold und Alles, was unpraktisch war.

Die Bauwut seines Vaters ekelte Max geradezu an, das ständige Streben danach, immer mehr zu erschaffen, betrachtete Max nicht nur als ineffizient, sondern auch als Verschwendung von Geldern, die so viel besser hätten eingesetzt werden können.

Laut gesagt hatte er seine Meinung natürlich nie, aber Ludwig I wusste ganz genau, dass sein Sohn anderer Ansichten vertrat als er. Dass er davon alles anderer als begeistert war, das ließ Ludwig seinen Sohn schon immer mit harschen Sprüchen und enttäuschten Blicken spüren. Dabei hatte Max sein Leben lang versucht, sich so gut wie möglich im Hintergrund zu halten, denn damit, im Schatten zu stehen, war er einverstanden- nur, keine eigenen Person mehr zu sein, das störte ihn. Er wollte wahrgenommen werden, nicht nur ein Anhängsel, der enttäuschende Sohn, sein.

Im Grunde unterscheiden sich die Probleme in der Königsfamilie nicht von denen der Bürgerlichen. Nur wurden sie wie durch eine unsichtbare Barriere zurückgehalten, weggeschoben, nicht ausgesprochen. Aber im Grunde wusste jeder, was der Andere von ihm dachte, und es wurde geflüstert. Allerdings stets nur hinter vorgehaltener Hand, um die Form zu wahren. Die Folgen waren Schweigen und verächtliche Blicke am Familientisch.

Diese Blicke waren meist auf Max gerichtet. Und es würde so bleiben, solang sein Vater leben würde, denn das Amt des Königs stand Ludwig auf Lebenszeit zu.

Max Traum davon, eines Tages seinen Vater herumkommandieren zu dürfen, erschien noch unrealistischer, als dass seine Frau ihm einmal „Ich liebe dich" zuflüstern würde. Er stützte den Kopf in die Hände und seufzte. Ein Leben im Schatten, das war für Max vorbestimmt.

Aber noch schrecklicher als seine eigene traurige Realität erschien ihm seine Verpflichtung, genau Dies an seinen Sohn weitergeben zu müssen. Es war ein Kreislauf, dem man nicht entfliehen konnte, auch, wenn Max sich vornahm, alles, was in seiner Möglichkeit stände, anders zu machen, als sein Vater.

Auf den kleinen Ludwig würde eine schlichte Erziehung warten, so schlicht, wie es nur möglich war für einen zukünftigen König. Eine gute und strenge Ausbildung, die ihn nicht zum Prunk erziehen würde. Keine Erziehung zur Arroganz, sondern zur Demut, erst vor seinem Vater und dann vor Gott.

Sein Sohn würde viel lernen, sodass er ein kluger, politisch denkender König werden würde. Einer, der nicht nur repräsentierte, sondern wusste, was er tat. Der sich nicht von Gold und Schimmer blenden lies, sondern selbst nachdachte. Damit er einmal ein guter König werden würde, nicht nur eine Geldverschwendung für die Staatskasse. Hatte Max seinen Vater gerade als „Geldverschwendung" bezeichnet? Gut, dass das niemand gehört hatte. Er war doch kein kleiner Junge mehr, der sich über seine Eltern beschwerte. Er war nun selbst Vater! Und sein Sohn würde genau das bekommen, was Max sich immer für sich selbst gewünscht hatte. Das war zwar erdrückende Verantwortung, aber auch eine Möglichkeit. Hoffnung.

Maximilian versuchte, sich auf diesen Hoffnungsschimmer zu besinnen und darauf, dass er doch eigentlich jeden Grund hatte, glücklich zu sein. Er war stolz auf seine Frau und auf das, was sie durchgestanden hatte, aber er wusste eben auch, dass der schwerste Teil für sie beide als Eltern noch kommen würde. Die Erziehung. Und das obwohl, oder gerade weil diese in den hohen Adelskreisen zum großen Teil an Ammen und Erzieherinnen abgegeben wurde. Eine harte und strenge Erziehung würde Maximilians Sohn unvermeidlich sein. Aber der Kronprinz war fest davon überzeugt, Alles richtig zu machen, wenn er es nur anders tun würde als sein eigener Vater. Er hatte durch seine Freiheit der eigenen Bautätigkeiten- die hatte Ludwig I seinem Sohn zum 18. Geburtstag „geschenkt"- die Möglichkeit, seine Kinder fern ab von München und den Regierungsgeschäften zu erziehen.

An dem einzigen Ort, der Maximilian alleine gehörte, den er selbst geschaffen hatte, sollte sein Sohn großwerden. Hoch über dem wunderschönen Schwangau, mit direktem Blick auf den tiefblauen Alpsee, befand sich die Burg Hohenschwangau. Maximilians liebster Ort auf der ganzen Welt. Eine alte Burg, die er mit zwanzig Jahren bei einer Wanderung entdeckt und sich sofort in die Lage und die Atmosphäre verliebt hatte.

Er hatte sie restaurieren, umbauen und ganz nach seinen Vorlieben gestalten lassen. Das gesamte Bauwerk, mit seiner gelblichen Wandfarbe, den Wandgemälden im Inneren und dem kleinen, aber wunderschönen Garten, war ein Gesamtkunstwerk.

Das Schloss war genauso, wie Max es sich in seinem Traum vorgestellt hatte. Hohenschwangau war Kronprinz Max, aber es würde auch Maximilian II, König von Bayern, sein. Er fühlte sich unglaublich verbunden mit den Gemäuern, als wären sie ein Körperteil, das zu ihm gehörte. Das Schloss vereinte seine liebsten Gemälde, Familiengeschichte und eine gleichzeitig praktische und außergewöhnliche Architektur.

Max war der Kunst nämlich keineswegs abgeneigt, er teilte viele Ansichten der Romantiker, nur verabscheute er die übertriebene, verschwenderische Kunst, die einzig der Selbstdarstellung dienen sollte. Eben dieses Verschwenden warf er insgeheim auch seinem Vater vor. Aber in Hohenschwangau hatte Max die Kontrolle. Und dass ein Schloss, mitten in der Natur, mit prächtigen Möglichkeiten zum Jagen, Wandern, Spielen und Lernen sich besser für ein Kind eignete als das laute, hektische München, war ein Argument, auf das selbst der König nichts erwidern konnte.

„es ist doch ein prächtiges Gefühl Vater zu sein...", mit diesen Worten schloss Max seinen Brief und setzte seine Unterschrift darunter.

Er hatte große Pläne für das Leben seines Sohnes, aber dabei dufte er seine eigene Zukunft nicht vergessen.

Mit 33 Jahren war er zwar lange nicht mehr der Jüngste, und ihn plagten schon lange körperliche Beschwerden, aber die eigentliche Blüte seines Lebens stand Maximilian noch bevor. Das war etwas, das die königliche Familie von anderen Adligen unterschied: Anstatt auszuziehen, zu studieren und ein eigenes Leben führen zu können, verbrachte der Kronprinz einen großen Teil seines Lebens damit, zu warten. Zu warten, und zwar auf den Tod des eigenen Vaters. Um das zu werden, wofür er, soweit er sich erinnern konnte, vorbereitet geworden war.

König. Eines Tages wäre Max der mächtigste Mann in Bayern, und dann wären all die Demütigungen durch seinen Vater in Vergangenheit gerückt. Eines Tages.

Nur wann? Zu Maximilians Ärger erfreute sich Ludwig I momentan besserer Gesundheit als er selbst, er war unglaublich beliebt bei seinen Untertanen und dachte gar nicht daran, zu sterben. Max zweifelte deshalb hin und wieder an der Einhaltung des Versprechens, das ihm in die Wiege gelegt worden war. Aber nein, daran wollte er gar nicht erst denken.

Max zuckte zusammen, als er einen Blick auf seine Taschenuhr warf.

Er hatte die Zeit völlig vergessen, seit dem ersten Ruf der Bediensteten war fast eine Stunde vergangen. Sicher war nicht nur das beste Essen bereits vergriffen, nein, im Speisesaal würde ihn auch seine wütende Familie erwarten, die sich mal wieder- völlig zurecht- über seine Verspätung beschweren würde. Verdammt. Max sprang auf und saß keine Minute später an der Tafel.

Das beste Essen war tatsächlich schon längst verspeist worden. Aber Max dufte sich seine Enttäuschung nicht anmerken lassen. Natürlich hätte er nach Nachschlag fragen können, innerhalb weniger Minuten hätten die Diener alles, was er sich wünschen konnte, gebracht, aber dann hätte er sich wieder einiges von seinem Vater anhören müssen. Nein, da musste Max jetzt durch.

Gerade an diesem Tag waren natürlich Alle pünktlich zum gemeinsamen Essen dort gewesen. Selten speiste die königliche Familie zusammen, aber nun sahen Ludwig I, seine Frau Therese und natürlich Marie ihn alle strafend an, als wäre Max ein ungezogener Junge gewesen.

Schweigend griff Max nach dem übrigen Gemüse und lies sich ein Glas Champagner einschenken, während sein Vater Braten nachbestellte. Nach einigen Minuten der unangenehmen Stille ergriff König Ludwig das Wort. „Maximilian, ich hoffe, du bist dir deiner Verantwortung als Vater bewusst." streng sah er seinem Sohn in die Augen. Max war überrascht. Er hatte mit Allem gerechnet, nur nicht mit Erziehungsratschlägen.

„Dein Sohn, Ludwig", er betonte den Namen besonders, Max biss die Zähne zusammen, „er wird genau dieselbe Erziehung genießen, wie du." Maximilian starrte auf seinen Teller. Der Hunger war ihm vergangen. Sein Sohn tat ihm jetzt schon leid. „Hoffentlich gerät er dann besser. Aber wie der Großvater, so der Enkel. Manchmal muss eben eine Generation übersprungen werden!" Ludwig brach in Lachen aus, und die beiden Frauen taten es ihm gleich. Es versetzte Max einen Stich ins Herz, als er sah, dass Marie nicht nur aus Höflichkeit mitlachte. „Ja, Vater." flüsterte er.

2.KAPITEL

ZUHAUSE

"20. MÄRZ 1846, BERLIN"

Alles war verschwommen. Maries Augen brannten, sie konnte gar nicht mehr richtig sehen, hinter ihrer Stirn pochte es, sie schnappte nach Luft wie eine Ertrinkende, aber an dem Kloß in ihrem Hals schien einfach Nichts vorbeizukommen.

Wie lang genau sie schon weinte, wusste Marie nicht, wahrscheinlich waren es Stunden, die sich wie Tage anfühlten- eine Ewigkeit. Aber wie sehr sie es auch versuchte, die Tränen zurückzuhalten und sich zusammenzureißen, sie konnten nicht aufhören, zu weinen. Aber das konnte keiner von ihr erwarten, in der Situation, in der sie sich befand, wäre wohl jeder verzweifelt.

Natürlich hatte sie gewusst, dass der Tag irgendwann kommen würde, an dem sie Abschied von ihrer Mutter nehmen müsste. Der Tod gehörte zum Leben dazu, das hatte sie schon als Kind gelernt, aber jetzt, wo ihre Mutter wirklich um Sterben lag, konnte Marie ihre Gefühle nicht mehr mit einer plausiblen Erklärung beiseiteschieben.

Aber irgendwie hatte sie in den letzten Tagen noch die Fassade einer starken Frau aufrechterhalten können, obwohl sie innerlich zerbrochen war.

Es war schrecklich, wenn die eigene Mutter starb, und man die letzten Jahre weit weg mit seiner neuen Familie verbracht hatte. In dem Moment, in dem sie die Nachricht bekommen hatte, hatte Marie direkt ein schlechtes Gewissen bekommen. Für sie war klar gewesen: Sie musste nach Berlin fahren. Um ihre Mutter noch einmal zu sehen, um ihr zu sagen, dass sie sie liebte. Und auch, um sich zu entschuldigen, dass sie sie im Stich gelassen hatte.

Genauso fühlte es sich nämlich an. Marie hatte ihren Ehemann nicht lang überreden müssen. Gemeinsam hatten sie sich auf den Weg gemacht und waren nur wenige Tage später in Berlin angekommen. In Maries altem zuhause.

Hier hatte sie das erste Mal mit den Tränen gerungen. In den folgenden Tagen hatte Marie viel nachgedacht. Darüber, wie es gewesen wäre, wenn sie geblieben wäre.

Noch nie zuvor hatte sie es bereut, nach Bayern gezogen zu sein- es war doch so schön dort! Viel idyllischer und ruhiger als in Preußen.

Und doch, der Gedanke daran, ihre alte Heimat und damit auch ihr Elternhaus vielleicht doch zu früh verlassen zu haben, drängte sich immer mehr in den Vordergrund.

Dabei wusste sie, dass ihr niemand jemals etwas vorwerfen würde. Sie wusste, dass sie in den Augen ihrer Familie mit der Heirat mit Maximilian alles goldrichtig gemacht hatte. Besser hätte es gar nicht laufen können. Trotzdem- gern hätte sie noch mehr Zeit mit ihren Eltern verbracht. gern wäre sie noch etwas länger Kind geblieben und nicht so jung Kronprinzessin geworden.

Jetzt war sie 20 Jahre alt und bereits Mutter, Ehefrau und hatte, mindestens auf dem Papier, rein gar nichts mehr mit ihrer preußischen Heimat zu tun.

Natürlich, persönliches Glück sah anders aus, aber damit musste man wohl rechnen, wenn man den Kronprinzen heiratete- ein Leben für das Volk und nicht für sich selbst. Dazu war Marie durchaus bereit gewesen, darauf wurde sie ihr Leben lang vorbereitet. Und trotzdem bereute sie es, nicht mehr Zeit mit ihrer Mutter verbracht zu haben. Von einem Tag auf den anderen hatte sie erwachsen werden müssen. Von der jüngsten Tochter zur Ehefrau des zukünftigen Königs, in nicht einmal einem halben Jahr. Von Berlin nach München. Von der Tochter zur Mutter.

Und zum Muttersein gehörte wohl auch dazu, Abschied von den eigenen Eltern zu nehmen, das war der normale Lauf der Zeit. Nur bereit dazu war Marie noch lange nicht.

Sie hatte das Gefühl, alles zu schnell gemacht zu haben.

Es hatte schon immer in ihrer Natur gelegen, dass sie sich schnell für neue Dinge begeistern konnte und sich in den Bann von Unbekanntem ziehen ließ. Diese Eigenschaft gab ihr zwar Anpassungsfähigkeit und Flexibilität, die Fähigkeit, dazu, sich mit jeder Situation irgendwie anfreunden zu können, aber manchmal fühlte es sich für Marie an, als hätte jemand ihr Scheuklappen aufgesetzt.

Diese konnte sie sich allerdings nicht selbst abnehmen, oft bemerkte sie gar nicht, dass sie da waren. Marie blendete das Negative aus, bis es dann früher oder später zu viel wurde und alles auf sie hinabstürzte, sie unter sich begrub und in Selbstmitleid versinken ließ- früher war das passiert, wenn sie sich mit ihren Geschwistern gestritten und dann tagelang das Zimmer nicht verlassen hatte.

So funktionierte Marie noch immer. Und plötzlich war das perfekte Leben in den Bergen, umgeben von Natur, Schönheit und der wunderbaren frischen Luft, zu einem Gefängnis geworden. Ein Gefängnis, aus dem es keinen Ausweg gab, weil sie es freiwillig betreten hatte. Marie hatte nicht einmal mitbekommen, wie die Gittertür still und heimlich hinter ihr abgeschlossen worden war.

Und jetzt saß sie hier, in Berliner Stadtschloss, dem Ort, an dem sie ihre kurze Kindheit verbracht hatte, und konnte den Schmerz nicht mehr aushalten. Das Ziehen in ihrer Brust zerriss die junge Prinzessin innerlich. Hoffentlich hörte niemand, wie sie weinte.

Es war nicht nur der anstehende Verlust ihrer Mutter, der Marie so zu schaffen machte. Es war die harte Wahrheit, die ihr plötzlich bewusst geworden war.

Die harte Wahrheit sah folgendermaßen aus: Marie hatte keine Familie mehr gehabt, und zwar schon, bevor ihre Mutter starb.

Sie hatte keine Freunde, weil sie sie alle zurückgelassen hatte. Sie bereute ihre Hochzeit, eine Entscheidung, die sie nicht mehr rückgängig machen konnte. Und das war nicht einmal allein die Schuld ihres Ehemannes.

Mit einer Liebesheirat hatte sie ohnehin niemals gerechnet, so etwas stand ihr als Prinzessin von Geburt an nicht zu. Es ging ausschließlich um Politik, Reichtum und Namen.

Einen Wittelsbacher zu heiraten, und dann auch noch einen Thronfolger, das war der Hauptgewinn gewesen.

Marie wusste, dass sie ihre Eltern damit stolz gemacht hatte. Aber was war mit ihr selbst?

Sie war alles andere als stolz, denn das war nicht das Leben, welches sie sich gewünscht hatte.

Maximilian war feige, schüchtern und vergesslich, viel älter als sie und überhaupt gänzlich unattraktiv. Aber sie dufte sich nicht darüber beschweren, schließlich würde er einmal König sein. Dass dann das wahre Chaos über Bayern herziehen würde, war für Marie keine Möglichkeit mehr, sondern bereits ein Fakt. Sie war sich durchaus sicher, dass sie eine gute Königin sein könnte- aber er war kein König. Und noch weniger waren sie ein Königspaar, und das würden sie auch nie sein. Marie wischte sich vorsichtig die Tränen von den Wangen. „Bloß keine Schwäche zeigen!" flüsterte sie, doch genau in diesem Moment kamen wieder neue Tränen nach, sie konnte nichts dagegen tun.

Der einzige Lichtblick in ihrer traurigen Existenz war der Junge gewesen. Der Kleine, dessen Geburt unter so einem guten Stern gestanden hatte. Ihr Sohn, der Erbprinz Ludwig, benannt nach seinem Großvater. Marie hatte nie gedacht, dass sie in der Rolle als Mutter so aufgehen könnte, sie war doch selbst noch so jung, aber Ludwig war sofort ihr ganzer Stolz gewesen.

Sie hatte dem Neugeborenen direkt nach seiner Geburt in das kleine Ohr geflüstert: „ich werde immer bei dir sein"- ein Versprechen, dass es nur zwischen Mutter und Kind geben konnte, und das so einfach klang. Es war das Selbstverständlichste der Welt, dass eine Mutter auf ihr Kind aufpasste. Doch auch dabei hatte sie auf ganzer Linie versagt.

Es war üblich, dass die Kinder in Adelskreisen von Ammen gestillt und gepflegt wurden. Später würden sich dann Erzieher um die königlichen Nachkommen kümmern, ein enges Verhältnis zu den Eltern war eine Seltenheit, weil diese meist viel zu beschäftigt waren und die Kinder eine besondere Ausbildung bereitgestellt bekommen sollten. Und Marie war sich sicher gewesen, dass die Amme, die sich um ihren Sohn kümmerte, perfekt auf diese Aufgabe zugeschnitten sei.

Sie war erfahren gewesen, eine stark übergewichtige Bauersfrau, deren Erscheinung allein reichhaltige und nahrhafte Muttermilch versprochen hatte.

Und zuerst hatte auch Alles gut funktioniert. Bis zu seinem achten Lebensmonat hatte Ludwig sich entwickelt wie ein normales Kind, wenn nicht sogar überdurchschnittlich prächtig.

Marie hatte ihn regelmäßig gesehen, auf den Arm genommen und gestreichelt, und jedes Mal schien er um Längen gewachsen und um einige Pfund schwerer geworden zu sein. Ein wundervoller Anblick für eine Mutter. Zum ersten Mal seit ihrer Hochzeit hatte Marie wieder richtiges Glück gespürt.

Doch dann war plötzlich Alles in sich zusammengefallen.

Die Nachricht aus Berlin war der Anfang gewesen. Man hatte dem Kronprinzenpaar mitgeteilt, Maries Mutter läge im Sterben.

Sofort waren sie nach Berlin gefahren und hatten den Kleinen Ludwig seiner Amme überlassen, ohne auch nur einen Gedanken daran, dass etwas passieren könne. Viel zu sehr hatte sich die Trauer in den Vordergrund gedrängt. Scheuklappen. Doch dann, nur vor einigen Tagen, war eine weitere verhängnisvolle Nachricht bei Marie angekommen, die eh schon am Abgrund gestanden hatte. Diesmal aus Bayern. Ludwigs Amme war verstorben. Plötzlich hatte sie heftiges Fieber gehabt, Kopfschmerzen, und am nächsten Morgen sei sie tot gewesen. Ohne jede Art von Vorbereitung musste der nur acht Monate alte Ludwig abgestillt werden, denn eine schnelle Alternative gab es nicht.

Bereits da hatte Marie ein schlechtes Gefühl gehabt. Was, wenn die Amme etwas auf ihren Jungen übertragen hatte? Und überhaupt, war es möglich, so ein kleines Kind von einem Tag auf den anderen zu entwöhnen?

Und natürlich hatten sich ihre Sorgen bewahrheitet. Ludwig war auch schwer krank geworden. Fieber, Krämpfe und allgemeine Schwäche bedeuteten nichts Gutes für einen Säugling, der doch noch so klein und zerbrechlich war. Marie bangte um ihr Kind und wagte es nicht, sich Hoffnungen zu machen. Gleichzeitig trauerte sie um ihre Mutter. Und in beiden Fällen war sie völlig machtlos. Sie hasste dieses Gefühl.

Es klopfte an der Tür. Marie schwieg. Vielleicht dachten die Dienerinnen dann, sie sei nicht da und würden einfach aufgeben, sie woanders suchen. Sie wollte nicht, dass jemand sie so sah, mit aufgequollenen Augen, in ihrem zerknitterten Kleid und vom Weinen ganz geröteten Wangen. Es klopfte ein weiteres Mal. Marie antwortete immer noch nicht. „Marie?" fraget eine Männerstimme. Das war ja noch schlimmer als eine Dienerin. Was wollte Max jetzt von ihr? Eine weitere Hiobsbotschaft überbringen?

Kein weiteres Anklopfen. Vielleicht, hoffentlich, hatte er einfach aufgegeben. Marie atmete auf. Ihr Plan hatte funktioniert, sie konnte allein sein.

Allein in dem Zimmer, in dem sie als Mädchen oft geschlafen hatte. Sie wollte es nicht ihr Kinderzimmer nennen, denn das war es nicht mehr. Die vier Wände waren die gleichen wie in dem Zimmer, in dem sie gespielt hatte, aber es sah ganz anders aus, seit Marie nicht mehr hier wohnte. Weil sie die jüngste Tochter ihrer Eltern und außerdem schon immer als ein sehr schönes Mädchen bekannt gewesen war, war Marie behütet und mit viel Liebe aufgewachsen.

Wie sehr sie sich nach dieser Liebe jetzt sehnte! Sie wollte einfach nur, dass jemand sie in den Arm nahm, ihr all ihre Probleme abnahm und ihr versprach, dass alles gut werden würde. Jemand, der ihr die ganze Last von den Schultern nahm.

„Marie." Die Prinzessin zuckte zusammen, der schreck lies ihr das Blut in den Adern gefrieren. Er war also doch reingekommen, ohne, dass sie ihn darum gebeten hatte. Schnell wischte sich Maie über das Gesicht und verschränkte dann die Arme vor der Brust, versuchte, ihr Zittern am ganzen Körper zu verstecken. Ein erbärmlicher Versuch. Max sah sie bereits besorgt an. Wenn er jetzt fragte, was mit ihr los sei, oder noch schlimmer, ob alles in Ordnung

28

wäre, dann würde sie aus dem Zimmer stürmen und
ihn ein für alle Male verlassen. Aber er fragte nicht.

Marie saß neben dem großen Bett, mit dem Rücken an den hölzernen Nachttisch gelehnt, versuchte, sich so klein wie möglich zu machen und die
zitternden Beine stillzuhalten. Als Maximilian seine
Frau so sah, lies er sich auf das Bett sinken und versuchte, ihr in die Augen zu sehen. Aber Marie wich
seinem Blick aus. Es machte sie so unglaublich wütend, dass sie sich nicht zusammenreißen konnte. Es
war so unangenehm, dass Max sie so verletzlich sah.
Sie war doch die Starke, Gefasste und disziplinierte
Kronprinzessin, die so anders war als ihr verweich-
lichter Mann. Und jetzt fand er sie weinend vor, ein
Häufchen Elend, das nicht einmal fähig war, zu
sprechen. Und gleichzeitig, was eigentlich noch
schlimmer war, spürte Marie, dass seine Anwesenheit ihr gerade gut tat. Sie sehnte sich fast danach.
Das konnte doch nicht sein. Was war nur mit ihr los?
„Ludwig schafft das." flüsterte Max in die Stille.
Marie wusste nicht, ob er das sagte, weil er es glaubte, oder nur, um sich selbst zu beruhigen. Marie
schüttelte nur langsam den Kopf. Es starben doch so
viele Kinder, und auch Max wusste ganz genau, dass
die Chancen für Ludwig nicht groß waren. Sie mussten damit rechnen, dass er es nicht schaffen würde.
„Der Kleine darf nicht nach München gebracht werden. Mein Vater hat das untersagt. Er meint, Ludwig
sei zu schwach." seufzte Max. Auch das noch. Marie

hatte ohnehin keine große Hoffnung in die Bitte, Ludwig nach Berlin zu bringen, gesteckt. Sie hatte sich schon denken können, dass er in seinem Zustand nicht transportfähig wäre. Sie sah zu ihrem Mann hoch. Für einen kurzen Moment trafen sich ihre Blicke, und Marie konnte ihre eigene Trauer und Verzweiflung in Max' Augen erkennen, wie in einem Spiegel. Sie fühlte sich plötzlich auf eine merkwürdige Art Und Weise verbunden mit Max, dem Mann, den sie eben noch für all ihr Leid verantwortlich gemacht hatte. Vielleicht konnte er ja diese strake Schulter sein, die sie so sehr brauchte. Vorsichtig setzte Marie sich auf das Bett neben Maximilian, er wirkte zwar überrascht, legte seinen Arm aber sanft um sie. Für einige Sekunden hielt er sie einfach nur fest, dann strich er ihr über das Haar. Und es fühlte sich nicht ungewollt oder komisch an, sondern genau richtig.

und plötzlich konnte Marie einige zusammenhängende Worte herausbringen, ohne in Tränen auszubrechen.

„Ludwig ist mein Kind, mein Sohn. Ich verliere schon meine Mutter, er kann mir nicht auch noch genommen werden. Nicht jetzt." Sie kämpfte mit den Tränen. Es war einfach zu viel für sie. Sie wollte ihr Kind nicht verlieren, nein, sie konnte es nicht. Die Gewissheit, dass sie daran zerbrechen würde, drückte wie ein Felsen auf ihr Herz.

Max schwieg. Was sollte er auch sagen? Noch nie hatte Marie ihm, oder überhaupt irgendwem, gesagt, was sie wirklich fühlte. Die letzte, die sie weinen gesehen hatte, war ihre Mutter gewesen, als Marie 12 Jahre alt gewesen war. Ihre Mutter. Sie begann wieder, zu schluchzen. Und Max ließ sie weinen. Mindestens versuchte er nicht, mit irgendwelchen Floskeln zu helfen, die alles nur noch schlimmer machten. Er hielt sie fest, in diesem Moment, in dem alles zusammenzubrechen schien.

Nein, lieben würde sie ihren Ehemann nie. Aber vielleicht konnten sie doch irgendwie miteinander auskommen.

3.KAPITEL

DIE SCHWANENRITTERSAGE

"02. SEPTEMBER 1851, SCHLOSS HOHENSCHWANGAU"

„Beatrix' Augen wanderten zu dem glitzernden Wasser. Plötzlich hielt sie den Atem an. Was konnte das sein? Ein weißer und ein silberner Punkt kamen immer näher. Sie blinzelte, um etwas erkennen zu können. Träumte sie jetzt schon am helllichten Tage? Bei genauerem Hinsehen erwies sich der weiße Punkt als ein Schwan. Dem Schwan folgte ein silbernes Boot, auf dem kerzengerade ein Ritter stand."

Sybille seufzte. Ihre Augen waren von dem langen Tag müde geworden, sie fielen ihr fast schon zu.

Ludwig rüttelte unsanft an ihrem Oberarm, sie sah ihn nur an und lächelte erschöpft. „Muss ich es wirklich noch vorlesen?" Ludwig sah sie mit seinen großen Kinderaugen an. „Du kannst es doch schon auswendig." sie strich ihm über den Kopf und ließ das Buch auf den kleinen Tisch neben sich sinken.

Kurz fühlte sie sich schuldig, weil sie aufgehört hatte, vorzulesen. Doch dann fiel ihr wieder ein, mit welchem Kind sie hier gemeinsam saß. Ludwig würde keinen Tobsuchtsanfall bekommen oder anfangen zu weinen. Das sah sie in dem selbstsicheren Grinsen, das sich in dem Moment, in dem sie das Buch weggelegt hatte, auf dem Gesicht des Prinzen ausbreitete.

Sybille hatte ihn nicht enttäuscht, sondern lediglich seinen Kampfgeist geweckt. Er wollte ihr nun etwas beweisen, und das würde er mit Leichtigkeit schaffen, denn natürlich konnte er die Schwanenrittersage, aus der seine Erzieherin ihm vorgelesen hatte, auswendig.

Er kannte jedes einzelne Wort.

Das lag nicht nur daran, dass Sybille ihm nahezu jeden Abend aus der Sage vorlas, denn der Schwanenritter war ein großer Bestandteil von Ludwigs jungen Leben.

Bei jedem Essen im Schloss Hohenschwangau sah er die Gemälde, die Szenen aus der Sage darstellten. Sie verzierten die Wände des Speisesaals, und auch draußen, in der Natur, bei jedem Spaziergang am Alpsee, sprach Ludwig von dieser Sage.

Sybille musste zugeben, dass der bildschöne See auch tatsächlich sehr gut als Kulisse für eine solche Erzählung dienen könnte.

Ludwig hatte nun einmal eine rege Fantasie, und er sah den Schwanenritter, Beatrix und die Magie überall. Der „Schwanenritter" war schon immer seine unangefochtene Lieblingssage gewesen.

Der kleine, dunkelblonde Junge sprang vom Schoß seiner Erzieherin auf und stellte sich einige Meter von ihr entfernt, mitten in sein Zimmer. Hinter ihm befand sich ein großes Fenster, durch welches schwaches Mondlicht einfiel. Die einzige andere Lichtquelle im Raum war die Kerze, die in einem Glas auf dem runden Tisch stand, direkt daneben lag das Buch, der gelbliche Kerzenschein war gerade hell genug zum Vorlesen gewesen.

Das Zimmer war wirklich gemütlich. Sybille sah, dass Ludwig sich hier deutlich wohler fühlte als draußen. Insgeheim fand sie es traurig, dass das Vorlesezimmer, so nannte Ludwig es, für ihn der einzige Rückzugsort war. Ein sicherer Platz in einer Welt, die schon viel zu viel von dem kleinen Kind erwartete.

Natürlich, der bayrische Kronprinz war mitnichten ein normales Kind.

Doch trotzdem stand ihm doch eine Kindheit, abseits von Trubel und Prunk zu, war das nicht nur gerecht?

Sybille seufzte still.

„Beatrix öffnete den Mund vor Staunen." Ludwig riss sie aus ihren Gedanken, als er mit seiner Darbietung begann. „Ihre Augen waren immer noch auf das seltsame Bott, das vom Horizont auf sie zukam, gerichtet…" er machte eine dramatische Pause, hielt die Flache Hand wie einen Sonnenschutz vor die Stirn und kniff die Augen zusammen, als würde er versuchen, etwas weit Entferntes zu erkennen.

Plötzlich glaubte Sybille, Erleichterung in seinen Augen zu erkennen. „Sie seufzte leise…" Ludwig sank auf die Knie und lächelte breit.

„Ritter." flüsterte er mit hoch verstellter Stimme, um zu verdeutlichen, dass nun Beatrix selbst sprach.

Sybille konnte sich ein Lächeln nicht verkneifen.

Sie liebte es, wenn Kinder das taten, was sie liebten.

Das Glänzen in ihren Augen war unbeschreiblich. All die Freude und Leidenschaft, die ein Kind in etwas, was es wirklich interessierte, stecken konnte…bemerkenswert.

„Mein Ritter…" seufzte Ludwig ein weiteres Mal, dann lies er zuerst den Kopf auf die Brust sinken und fiel dann theatralisch auf den Boden vor dem Kamin, als wäre er eine vor Überwältigung in Ohnmacht gefallene Dame.

Das Stück war vorbei, der unsichtbare Vorhang war gefallen.

Sybille stand auf und begann damit, begeistert zu klatschen. Ludwig hob den Kopf und grinste sie an. Er wusste ganz genau, dass es gut gewesen war.

Sybille hatte schon auf viele Kinder aufgepasst, doch Ludwig überraschte sie immer wieder.

Es gab viele Dinge, für die Kinder brennen konnten. Kinder waren schnell zu begeistern, und fast jedes Kind entdeckte irgendwann etwas, das ihm große Freude bereitete, davon war Sybille überzeugt.

Doch Ludwig war anders.

Sybille konnte sich nicht daran erinnern, ihn jemals an diese Geschichten herangeführt zu haben.

Aus ihrer Erfahrung war sie es gewohnt, dass man für Kinder erst einmal einen Anreiz schaffen musste, damit sie begannen, sich für etwas zu interessieren.

Sie hatte dann immer mehrere Dinge vorgeschlagen, und sie mit den Kindern ausprobiert.

Es war wie ein Glücksspiel, manchmal landete man einen unvorhersehbaren Treffer.

Doch bei Ludwig war das nie so gewesen, sie passte auf ihn auf, seit er ein wirklich kleines Kind gewesen war, und die Liebe für jede Art von Kunst war einfach in ihm selbst entstanden. Eines Tages hatte er sie zum ersten Mal gefragt, ob sie ihm eine Geschichte vorlesen könne.

Verkleiden, Vorlesen und schließlich Ludwigs eigenen kleinen Aufführungen waren gefolgt.

Ludwig hatte immer ganz genau gewusst, was er machen wollte, dem Kind war nie langweilig.

Diese Bestimmtheit war wahrscheinlich eine Eigenschaft, die in seinem Leben noch viel Wert sein würde.

Doch trotzdem bereitete die Begeisterung Ludwigs Sybille Sorgen.

Wahrscheinlich machte sie sich einfach nur viel zu viele Gedanken, er war ja erst sechs Jahre alt, doch ein so feinfühliger und sensibler Mensch war in einem Königshaus an falscher Stelle.

In einer Familie des höheren Adels, mit finanziell gut gestellten Eltern, konnten die Kinder sich ihr Leben lang selbst verwirklichen und ihre Talente und Leidenschaften ausüben.

Auch als zweitgeborener Königssohn hätten Ludwig alle Türen offen gestanden, doch als Kronprinz würde er früher oder später an die Stelle seines Vaters treten, und ein König durfte keine Schwäche zeigen.

Ludwigs Ausbildung war schon bis ins kleinste Detail geplant und die Erziehung, die er genoss, sollte nur ein Ziel verfolgen: Er sollte ein starker und beschützender König, ein kalkulierender und intelligenter Politiker sowie ein mutiger Mann werden, zu dem das Volk aufsah.

Sybille glaubte zwar daran, dass Ludwig das Potenzial hatte, um diese Rolle auszufüllen- er freute sich sogar darauf.

Wenn sie sich kostümierten, entschied Ludwig sich immer öfter für die Rolle des Königs und ging daran voll und ganz auf. Sie zweifelte nicht an Ludwigs Können- Sie machte sich Sorgen um sein Wohlbefinden.

Ludwig war Junge, der am liebsten den ganzen Tag über nichts Anderes tun würde, als sich zu verkleiden, Geschichten zu erzählen und zu hören oder zu träumen.

Etwas Besonderes. Zu besonders für die eiskalte Monarchie.

„Sybille, geht es dir gut?" Ludwig rüttelte besorgt an Sybilles Knie und holte sie damit zurück in die Gegenwart.

Sie hatte gar nicht mitbekommen, dass sie für die letzten Minuten bewegungslos auf die Flammen des Kaminfeuers gestarrt hatte.

Sie schenkte Ludwig ein warmes Lächeln.

„Ich habe nur geträumt. Wie du manchmal."

Ludwig setzte sich wieder auf ihren Schoß, seine Augen wanderten zwischen ihr und dem Buch, welches noch immer auf dem Tisch lag, hin und her.

Gleich würde er sie mit seinen großen erhalten darum bitten, weiter vorzulesen, doch das konnte Sybille nicht zulassen. Es war schließlich schon spät am Abend, und am nächsten Tag sollten Ludwig und sein etwas jüngerer Bruder Otto zu ihren Eltern nach München gebracht werden, um dort als Familie den Winter zu verbringen.

Und wenn Ludwig sie erst einmal um etwas bat, dann würde sie nicht mehr Nein sagen können.

Also nahm sie ihn schnell auf den Arm und trug ihn, bevor er sich versah, trotz lautem Protest in sein Schlafzimmer.

Es war wirklich spät, und Ludwig brauchte den Schlaf. Die Prinzen hatten ihre Eltern lange nicht mehr gesehen, die nächsten Tage würden wohl besonders Ludwig viel Energie und Kraft rauben, denn er fühlte sich in München nicht besonders wohl.

Schloss Hohenschwangau wiederum war Ludwigs Lieblingsort, es lag in einer ruhigen Umgebung, weit weg vom Trubel der Hauptstadt und in den Bergen. Die Natur befand sich direkt vor der Haustür, der blaue Alpsee lud im Sommer zum Baden ein und die Landschaft eignete sich perfekt für ausgiebige Wanderungen.

Doch für dieses Jahr neigte sich die Zeit in Hohenschwangau dem Ende zu. Ludwig wusste das noch nicht, und Sybille brachte es nicht über das Herz, es ihm zu sagen.

Hier hatte er seine Freunde, seine vertraute Umgebung und einen vergleichsweise normalen Tagesablauf. Das plötzliche Herausreißen aus der Routine würde Ludwig schon genug stressen.

München war ganz anders. Laut und voll, das mochte Ludwig nicht, viele Menschen machten ihm Angst.

Auch das war etwas, was ihm später noch große Probleme bereiten würde, davon war Sybille überzeugt.

Doch darum sollte sie sich jetzt noch keine Sorgen machen, er war ja noch so klein!

Und abgesehen von diesen Eigenheiten war Ludwig ein Kind wie aus dem Bilderbuch. Er war aufgeschlossen, ehrlich und gütig, manchmal wollte er nur etwas zu viel auf einmal.

Und den ganzen Tag über redete er, ohne Pause, über Geschichten, die er irgendwo aufgeschnappt hatte, über Bilder, die er angesehen hatte und über jedes noch so kleine Detail seines ganzen Tages. Sybille wusste genau, wovon ihr königlicher Schützling in der letzten Nacht geträumt hatte- und zwar davon, endlich reiten lernen zu dürfen und „auf einem edlen schwarzen Ross bis nach Schloss Berg und noch so viel weiter" zu galoppieren-, sie kannte seine fantasievollen Pläne, für die Zeit, wenn er erst König sein würde, und sie wusste mehr über Ludwigs Spielkameraden als jeder andere.

Wenn er sich mit seinem Bruder Otto stritt, was öfter vorkam, als man bei zwei so gut erzogenen Prinzen dachte, dann war seine Erzieherin die Erste, der er davon erzählte. Wohl auch, weil Ludwig nach jedem schlechten oder auch nur ansatzweise beleidigendem Wort, das ihm herausrutschte, früher oder später ein schlechtes Gewissen bekam und darüber reden musste.

Laut hätte die Erzieherin natürlich niemals gesagt, dass Ludwigs Redseligkeit ihr zuweilen als ziemlich anstrengend erschien, dafür hatte sie zum Einen viel zu große Angst vor dem Einfluss des Königspaares, zum Anderen hatte sie den Kleinen aber auch so lieb gewonnen, dass sie es nicht mit ihrem Gewissen vereinbaren könnte, etwas Schlechtes über ihn zu sagen.

Sie wusste, er vertraute ihr, und das war von unglaublichem Wert in der Beziehung zu einem Kind, das wusste Sybille ganz genau.

Sie wollte die Bezugsperson für ihn sein, die Ludwig in seinen Eltern nicht hatte und ihm die Stabilität und Sicherheit geben, die ein kleines Kind nun einmal brauchte. Die Monarchie ging davon aus, dass ein König perfekt sein sollte. Von Gottes Gnaden, als Herrscher geboren, aus einer schon seit Ewigkeiten bestehenden Dynastie.

Doch auch die Herrscher waren Menschen, mit Stärken, aber auch Schwächen.

Am Ende waren sie doch alle nur aus Fleisch und Blut, einfache Menschen, und Ludwig war eben sehr verletzlich und sensibel, das zeigte er aber nur den Wenigen Menschen, denen er vertraute, denn er spürte schon jetzt die Erwartungen von allen Seiten.

Sybille konnte sich nicht vorstellen, wie auf einem kleinen Kind bereits so ein großer Druck lasten konnte.

Von ihm wurde erwartet, dass er schon jetzt große Verantwortung zeigte, sich als Sechsjähriger bereits für die Jagd und den Krieg interessierte, doch er war das absolute Gegenteil davon.

Ludwigs Vater, der König, lies seinen Sohn regelmäßig spüren, dass er seinen Ansprüchen nicht entsprach.

Maximilian II sah von harten Strafen und Züchtigung nicht ab, wenn gemeldet wurde, dass sich seine Söhne schlecht benommen hatten.

Deshalb schwieg Sybille meistens, wenn Ludwig eine Regel brach, und sprach alleine mit ihm darüber, sie wusste, was die ständige Demütigung in einem so jungen Alter mit den Kindern machen konnte.

Es brach ihr jedes Mal erneut das Herz, wenn sie daran zurückdachte, wie Ludwig sie eines Abends unter Tränen gefragt hatte: „Sybille, warum mag mein Vater mich nicht?"   Damals war er vier Jahre alt gewesen.

Doch Sybille konnte nichts tun, ihr lag nichts ferner, als vor dem König in die Erziehung seines Sohnes zu kritisieren.

Wahrscheinlich war diese auch nur ein Mittel, um den Thronfolger darauf vorzubereiten, was ihn erwartete, und damit zogen doch alle an einem Strang.

Und Sybille war dankbar für ihren Beruf. Sie war dankbar für jede Sekunde, die sie mit Ludwig verbringen durfte und liebte es, ihn aufwachsen zu sehen.

Sie trug eine unglaubliche Verantwortung, doch die gab ihr auch die Fähigkeit dazu, Ludwig Werte, Moral und positive Erfahrungen mit auf seinen bedeutenden Lebensweg zu geben.

Sie war die Bezugsperson für einen Jungen, der viel zu wenig Zeit mit seiner Mutter verbringen konnte.

Sybille hätte nie den Anspruch gehabt, Königin Marie als Mutter zu ersetzen, doch sie versuchte, die Stütze für Ludwig zu sein, die ihm fehlte.

Und sie tat ihr Bestes, um ihn irgendwie auf all das, was ihm noch bevorstand, vorzubereiten.

Es war schon still im ganzen Schloss, als sich auch Sybille in ihr Bett legte. Sie hatte sich den Schlaf verdient, und ihr Körper schrie förmlich nach etwas Ruhe. Sie musste damit aufhören, sich den Kopf zu zerbrechen. Das, was kommen würde, würde nun einmal kommen. Daran konnte eine einfache Erzieherin nicht das Geringste ändern, und das musste sie akzeptieren.

Doch einer Tatsache war sie sich ganz und gar bewusst: Sie konnte Ludwig das geben, was er am meisten brauchte, wonach er sich am meisten sehnte. Und das war bedingungslose und echte Liebe.

4.KAPITEL

WAISENKIND

„20.JUNI 1854, NYMPHENBURG"

Ludwig saß auf seinem Bett und versuchte, mit jedem seiner Zehen einzeln zu wackeln. Doch so sehr er sich auch darauf konzentrierte, es funktionierte nicht, die anderen Zehen bewegten sich immer mit. Warum war das nur so?

Er sah auf seine Hände. Die Finger konnte er alle ganz unabhängig voneinander bewegen und sogar knicken, was sprach also dagegen, dies auch mit den Zehen zu tun?

Füße und Hände waren doch gar nicht so unglaublich unterschiedlich…

Konnten andere Menschen das? War er etwa krank? Ludwig wurde nervös. Er musste herausfinden, ob normale Menschen ihre Zehen einzeln bewegen konnten! Was, wenn er eine tödliche Krankheit hatte, deren erstes Zeichen diese Unbeweglichkeit war? Vielleicht schwebte er in Lebensgefahr!

Doch wen sollte er fragen? Sein Vater, der König, würde ihn nur auslachen und ihn dann wahrscheinlich auch noch bestrafen, denn solche Fragen waren eine Verschwendung seiner königlichen Zeit.

Seine Mutter wollte Ludwig nicht fragen. Er unterhielt sich nicht gerne mit ihr, warum das so war, wusste er selbst nicht. Es fühlte sich irgendwie komisch an, dass diese Frau, mit der er so gut wie keine gemeinsame Erinnerung aus seiner frühen Kindheit hatte, die so emotionslos sprach und sich immer nur beschwerte, seine Mutter war.

Er fühlte sich überhaupt nicht verbunden zu ihr, sie war für ihn nur eine weitere Erwachsene, die im Schloss herumlief. Dass sie immer die schönsten Kleider unter all den Frauen, die angestellt waren, trug, war das Einzige, was sie als Königin auszeichnete. Sicher hatte sie keine Ahnung vom Zehenwackeln.

Eigentlich hätte Ludwig den Gärtner fragen müssen. Wenn jemand wusste, mit welchen Körperteilen man wackeln konnte, dann er. Er konnte sogar mit den Ohren wackeln!

Ludwig sprang von seinem Bett auf und zog sich schnell seine Schuhe an. Er musste sich beeilen, wenn er den Gärtner noch vor seinem Feierabend erwischen wollte.

Schnell stieß er die Tür zu seinem Zimmer auf und rannte los, doch als er gerade die Treppe hinuntereilte, wurde er von einem Räuspern direkt hinter sich gestoppt.

Ludwig fuhr herum und blickte plötzlich auf eine Uniform, die ihrem Träger so perfekt passte, dass es wirkte, als wäre sie auf den Körper gemalt worden. Die Knöpfe waren geradlinig übereinander angeordnet und ordentlich geschlossen.

Zu den Knöpfen gehörte ein grimmig blickendes Gesicht, zu dem Ludwig nun aufblickte.

Er riss vor Schreck die Augen weit auf.

Ludwig war seinem Erzieher direkt in die Arme gelaufen, mehr noch, wahrscheinlich hatte er ihm einige Sekunden zuvor die schwere Holztür seines Zimmers direkt vor den Kopf geschlagen, denn Graf Basselet de la Rosee hatte eine schmerzhaft aussehende Rötung auf der Stirn, die, wie so oft, vor Zorn in Falten geworfen war.

Der Generalmajor schimpfte oft mit Ludwig, er fand immer einen Grund, um sich über seinen Schützling aufzuregen.

Diese Ermahnungen bewirkten dann allerdings meistens ziemlich genau das Gegenteil- Ludwig wurde trotzig und wünschte sich seine alte Erzieherin umso mehr zurück.

Sybille hatte ihn auch ermahnt, natürlich, er hatte akzeptiert, dass er sich nun einmal an strenge Regeln halten musste, das gehörte am Königshof dazu. Doch sie hatte ihm auch so viel anderes beigebracht , und egal, was sie gesagt hatte, sie hatte es immer mit ganz viel Liebe getan.

Sybille hätte ihn nie angeschrien.

Sie hätte sich nie be seinem Vater über Ludwig beschwert, wohlwissend, dass die Strafen, die der König verhängen würde, nichts anderes als Prügel für den kleinen Jungen bedeuten würden.

Doch König Max war vor einigen Monaten der Meinung gewesen, dass sein ältester Sohn von nun an von einem Mann erzogen werden müsse. Von einem Generalmajor. Anstatt aus Theaterspiel, Vorlesen und Spaziergängen bestand Ludwigs Freizeit, die er mit seinem Erzieher verbrachte, nun aus der Einführung in die Jagd, Waffenkunde und ständigen Vorträgen darüber, wie ein Kronprinz sich in seinem eigenen Zuhause zu verhalten hatte.

Sybille las jetzt Ludwigs kleinem Bruder, Prinz Otto, vor. Er bekam nun all ihre Wärme und Herzlichkeit. Ludwig hätte es nie laut zugegeben, doch er brannte vor Eifersucht.

Er brauchte Sybille. Sie war die Einzige, die für ihn da war, die ihn akzeptierte, so, wie er nun einmal war. Sie kannte Ludwigs Schwächen ganz genau, doch sie hatte nicht ständig etwas an ihnen auszusetzen, sondern förderte seine Stärken und sorgte ein Stück weit dafür, dass er sich wohlfühlen konnte.

Er wurde den ganzen Tag über, von allen möglichen Menschen, kritisiert und gemaßregelt. Da brauchte er doch eine Person, die ihn wirklich mochte.

Doch mit diesem Argument würde er bei seinem Vater nicht weit kommen, das wusste Ludwig ganz genau. Der König würde sich in seiner Annahme, sein Sohn sei verweichlicht, nur noch mehr bestätigt fühlen.

Deshalb behielt Ludwig seine Einsamkeit und Verletzlichkeit doch lieber für sich und lies sich von dem Grafen regelmäßig zur Schnecke machen.

Anfangs hatte er sich das noch zu Herzen genommen, doch mittlerweile prallten die Worte an ihm ab. Manchmal war er sogar gespannt darauf, was der Graf heute wieder zu sagen hatte.

„Kronprinz Ludwig, wohin so eilig?" fragte der Graf mit immer noch faltiger Stirn und prüfendem Blick. „Ich möchte in den Garten." antwortet Ludwig wahrheitsgemäß.

Was sollte der Graf dagegen sagen? An einem Achtjährigen, der an einem schönen Sommertag in den Garten gehen wollte, war nichts auszusetzen.

„Und warum möchtet ihr in den Garten gehen?" Ludwig seufzte resigniert. Nun begann die niemals endende Fragerei.

Trotzig verschränkte er die Arme vor der Brust. Durfte er nicht einmal alleine in den Garten gehen? Er hatte es satt, von allen Seiten behandelt zu werden wie ein rohes Ei.

„Um den Gärtner etwas zu fragen." Ludwig ging eine Treppenstufe herunter, nun musste er den Kopf in den Nacken legen, um mit dem Graf zu sprechen, doch er war auch ein Stück weiter von der faltigen

Stirn und der perfekt geknöpften Uniformjacke entfernt. „Es ist wichtig." schob Ludwig noch hinterher, mit dem Wunsch, der Situation so schnell, wie es nur irgendwie möglich wäre, zu entfliehen. Der Graf ging auch eine Treppenstufe weiter hinab. Jetzt war er wieder genauso nah an Ludwig wie zuvor. Ludwig roch seinen Atem. Er versuchte, die Nase nicht zu rümpfen.

„Freundschaftliche Beziehungen zwischen eurer königlichen Hoheit und den Angestellten des Hauses sind von eurem Vater, seiner Majestät Maximilian II von Bayern, strengstens untersagt worden." Ludwig brauchte einige Sekunde, um den Satz zu verstehen.

Und schon wieder hatte der Graf Etwas gefunden, worüber er sich bei Ludwigs Vater beschweren konnte.

Jetzt gab es eh Nichts mehr zu verlieren.

„Warum?" fragte Ludwig, er sah seinem Erzieher dabei direkt in die Augen und versuchte, seinen niedlichsten blick aufzusetzen.

Bei Sybille hatte der „Rehblick" immer funktioniert. Ludwig wusste, dass er ein süßes Kind war. Ihm konnte man keinen Wunsch verwehren.

Doch der Graf verzog keine Miene.

„Weil ihr euch nicht zu den Lakaien herab begeben solltet, königliche Hoheit." sagte der er bestimmt und Ludwig biss sich enttäuscht auf die Unterlippe. Wenn er jetzt noch weiterfragen würde, dann würde der Graf das definitiv seinem Vater melden. Er verkniff sich eine Entgegnung und nickte nur stumm.

Er drängte sich an dem Grafen vorbei und schloss die Zimmertür hinter sich, bevor dieser noch ein Wort sagen konnte. Das war auch wieder unhöflich. Sollte der Graf doch zu König Max rennen und ihm Alles erzählen.

Ludwig hatte die Worte des Grafen doch verstanden und wusste, was dieser von ihm erwartete.

Dass er sich nicht an das Verbot halten würde, stand allerdings schon fest.

Er widersetzte sich aber nicht aus purem Trotz. Der Graf hatte ihm nicht einen plausiblen Grund, abseits von Ignoranz und Arroganz, genannt, er dafür sprach, sich von den Bediensteten fern zu halten.

Und Sybille wiederum hatte ihm beigebracht, dass alle Menschen Respekt und Freundlichkeit verdienten.

Außerdem hatte Ludwig nicht viele Freunde außerhalb des Schlosses, und jetzt, wo er Sybille nicht mehr so oft sah, musste er sich erst recht an die Bediensteten halten, um nicht in vollkommener Einsamkeit unterzugehen.

Und auch die Angestellten, mit denen er nicht befreundet war, wollte Ludwig höflich behandeln, denn für ihn war das nur sinnvoll, und überhaupt: Setzte er sich denn mit den Bediensteten gleich, indem er einen schönen Tag wünschte?

Indem er sie zurück grüßte, wenn er sie auf dem Flur sah, wie sie die Wäsche seiner Familie aufhängten, die Büsche im Garten so zurechtstutzten, dass Ludwig und Otto sich ungestört daran erfreuen konnten, oder wenn sie das Abendessen servierten, während sie doch sicher selbst von ihrem langen Arbeitstag erschöpft und bärenhungrig waren?

Natürlich, es war ihr Beruf, aber am Ende des Tages konnte man ihnen vielleicht mit einem Gruß ein Lächeln schenken. Oder zumindest keine verärgern. Ludwig verstand schon, dass er über den Bediensteten stand- er musste sich ja nicht vor dem Gärtner verbeugen oder vor den Dienern auf die Knie fallen, aber ein nett gemeintes „Guten Morgen!" sagte doch weder war über seinen Stand aus, noch setzte er sich damit herab!

Die hochnäsigen Regeln, mit denen der Graf ihn bombardierte, machten ihn nur noch unsympathischer.

Und wäre Ludwig kein Prinz gewesen, dann hätte er den Grafen gerade eben angeschrien, oder zumindest angefangen zu diskutieren, dann hätte er sich so trotzig verhalten, wie es ein Achtjähriger nun einmal tat. Dann hätte er sich keine Vorschriften von jemandem machen lassen, der weder ein Elternteil, noch jemandem, den er sonderlich mochte, war.

Aber nein, das durfte er auch wieder nicht. Wie sollte er überhaupt die „ich bin besser als alle" - Einstellung, die der Graf im jeden Tag predigte, bekommen, wenn er sich immer nur irgendwelchen Leuten unterordnen und ihre irrsinnigen Regeln befolgen musste?

Sehnsüchtig lies Ludwig seinen Blick aus dem Fenster schweifen.

In Hohenschwangau konnte er aus seinem Fenster manchmal die Kinder unten im Dorf sehen. Wie oft er sich schon vorgestellt hatte, einfach nur eines von ihnen zu sein. Alleine spielen zu können, mit Freunden, die er sich selbst aussuchen konnte.

Ludwig kannte seine wenigen Freunde nur, weil sein Vater sich gut mit deren Eltern unterhalten konnte und sie mindestens einen Adelstitel innehatten.

Aber auch mit acht Jahren wusste Ludwig bereits, dass solche Beziehungsfragen wohl nie seine Entscheidung sein würden. Weder bei der Auswahl seiner Freunde, noch bei der Wahl seiner späteren Ehefrau.

Viel wusste Ludwig nicht über die Ehe. Nur, dass seine Mutter mit seinem Vater verheiratet war und dass die beiden, wenn sie sich einmal zusammen Zeit verbrachten, entweder schwiegen, oder seine Mutter seinen Vater anschrie.

Und dann schrie Ludwigs Vater ihn an, und dann durfte Ludwig nicht nach draußen gehen oder Nachtisch essen.

Am Ende ging es immer schlecht für ihn aus. Manchmal kam seine Mutter dann zu ihm und versuchte, alles wieder gut zu machen, indem sie mit ihm nach draußen ging.

Aber selbst dann schwiegen sie sich nur an, weil Ludwig wütend war. Er war wütend auf seine Mutter, darauf, dass sie immer so traurig und genervt guckte und och nichts tat.

Wenn Ludwig dann nicht mit ihr sprechen wollte, sagte sie immer verzweifelt „Aber ich bin doch deine Mutter"- als ob er das nicht selbst wusste.

Die harte Wahrheit war, dass es sich nicht wirklich anfühlte, als wäre Marie seine Mutter.

Sybille hatte Ludwig einmal erzählt, dass eine Mutter ihr Kind so sehr lieben konnte, weil niemand sonst. Dass es eine besondere Verbindung zwischen Mutter und Kind gab, die niemand sonst nachempfinden konnte. Von der Geburt an seien Mutter und Kind unzertrennlich.

Wenn das eine Mutter ausmachte, dann hatte Ludwig wohl keine.

Die einzige Frau, zu der er diese Verbindung ansatzweise spürte, war Sybille.

Und Sybille war jetzt weg. Sie war jetzt Ottos Mutter. Und Ludwig war alleine.

Ein Waisenkind ohne Freunde in einem riesigen Schloss.

5.KAPITEL

HINUNTERSPUCKEN

"*01.JUNI 1856, SCHLOSS HOHENSCHWANGAU*"

Es klopfte an der Tür. „Nein!" antwortete Ludwig, doch es klopfte noch einmal.

„Nein!" rief er, etwas energischer, und wandte sich genervt wieder seinen Bausteinen zu.

Konnte man nicht einmal für ein paar Minuten seine Ruhe haben?

Er wollte doch nur noch sein Werk vollenden, es fehlten nur noch ein paar wenige Holzklötze, bis…Ein weiteres Klopfen.

Ludwigs ganzer Körper zuckte vor Schreck zusammen, sein Ellenbogen stieß an seine so mühevoll erbaute Burg, und alles fiel in sich zusammen.

Das Blut schoss in seinen Schädel und innerhalb von Sekunden wurde er hochrot vor Wut

„Was für ein…" in seinem Kopf schrie Ludwig alle Flüche, die er kannte, wild durcheinander.

„Herein." seufzte er schließlich resigniert.

Wer auch immer dieses Chaos angerichtet hatte, sollte es gefälligst mit eigenen Augen sehen und sich entschuldigen.

Vorsichtig öffnete sich die Tür.

Das konnte nicht der Graf sein, er riss die schwere Holztür immer mit aller Kraft auf.

Es war Sybille.

Ludwigs zorniges Gesicht entspannte sich zu einem Lächeln. Wie er sich jedes Mal, wenn er sie sah, freute!

Fast vergaß er seine Wut, doch schnell sammelte Ludwig sich wieder und verschränkte die Arme vor der Brust.

Auf dem Boden lagen alle seine Bausteine, wild verstreut. „Was ist so schwer an einem „Nein" zu verstehen?" fragte er beleidigt, dabei wäre er Sybille am liebsten in die Arme gesprungen.

Er musste konsequent bleiben, denn Sonntage, wie dieser einer war, waren die einzigen Tage, an denen Ludwig etwas Zeit für sich hatte.

Über den Rest der Woche häufte sich der Schulunterricht, gemeinsam mit all den anderen Dingen, die der Kronprinz laut seinem Vater unbedingt lernen musste.

Nur der Sonntag gehörte Ludwig ganz allein.

Sonntags wollte er nicht gestört werden, auch nicht von Sybille, das hatte er schon öfters deutlich gesagt.

Doch sie legte ihm behutsam eine Hand auf die Schulter. „Es tut mir Leid. Aber denkst du nicht, dass du bei dem schönen Wetter einmal nach draußen gehen solltest? Helene wartet im Hof auf dich. Wir bekommen doch nur sonntags Besuch. Bauen kannst du auch heute Abend noch." Helene wartete ihm Hof. Ja, natürlich musste der Sonntag auch der einzige Tag sein, an dem Ludwig Besuch bekommen durfte.

Wer hatte sich diese strengen Regeln nur ausgedacht? Eigentlich wollte Ludwig in seinem Zimmer belieben und seine Ruhe haben, doch er wusste, dass es besser wäre, in den Hof zu gehen und mit Helene zu spielen.

Es war wichtig, dass er sich mit Gleichaltrigen traf, das würde ihm gut tun.

Unter der Woche war sein kleiner Bruder Otto der einzige, mit dem Ludwig spielen konnte, und das bereitete ihm nicht wirklich Freude.

Manchmal war es zwar lustig, Otto herumzukommandieren- Ludwig konnte sich immer aussuchen, was die beiden spielen wollten, doch Otto war noch so klein und kein wirklich guter Spielkamerad.

Helene, die jetzt im Hof auf Ludwig wartete, war da ganz anders. Sie war aufgedreht und laut und lies sich nicht einmal von Ludwig etwas sagen. Das machte ihn manchmal ziemlich wütend, schließlich war Helene doch nur die Tochter eines einfachen Diplomaten, sie hatte einem Kronprinzen gar nichts zu sagen!

Doch durch ihre selbstbewusste und lustige Art konnte man mit Helene unglaublich viel Spaß haben.

Sie hatte immer die besten Ideen und mit ihr wurde es nie langweilig.

Nach einem kurzen Abwägen nickte Ludwig seiner ehemaligen Erzieherin nun zu. „Gut." sein Tonfall war noch immer beleidigt, obwohl Sybille bereits damit angefangen hatte, die Bausteine, die auf dem Boden lagen, aufzusammeln.

Sein Bauprojekt konnte er nächsten Sonntag noch einmal von vorn beginnen.

„Dann gehe ich gleich raus. Ich ziehe mich nur schnell um."

Wenn es alle glücklich machte, dann würde er jetzt eben spielen gehen.

Sybille war noch immer mit dem Aufräumen beschäftigt, fast tat sie Ludwig Leid, denn sie bückte sich für jeden einzelnen der Steine, um ihn aufzuheben und ordentlich wieder auf den Tisch zu stellen.

Doch er stand mit verschränkten Armen daneben. Sie war schuld daran, dass die Bausteine überhaupt hinuntergefallen waren, dann konnte sie die auch aufheben.

„Was hast du denn schönes gebaut?" fragte Sybille, nachdem sie alle Steine in einer Reihe auf dem Tisch aufgestellt hatte.

Ludwig freute sich darüber, dass sie nachfragte. Das tat sonst nie jemand. „Ein Schloss. Für Mama, Papa, Otto und mich. Wo sonst niemand reingehen darf. Es war fast fertig." sagte er stolz, Sybille lächelte ihr warmherziges Lächeln, und jetzt konnte Ludwig gar nicht mehr böse sein.

„Außer dir natürlich." fügte er noch schnell hinzu.

Nein, sie durfte nicht fehlen, obwohl sie manchmal unglaublich hartnäckig war und den ersten Entwurf des Schlosses zerstört hatte.

Anstatt sich anzuziehen, lies sich Ludwig jetzt rücklings auf sein Bett fallen.

„Warum kannst du nicht wieder auf mich aufpassen?" fragte er sie mit einem Seufzen.

Seit zwei Jahren spuckte diese Frage immer wieder in seinem Kopf herum, jedes Mal, wenn sie sich sahen.

Und es kam immer das Gleiche dabei heraus.

Trotzdem stellte die Antwort ihn nie zufrieden.

„Eigentlich darf nicht einmal jemand erfahren, dass ich dich noch duze." Sybille hielt sich grinsend den Zeigefinger vor die Lippen und Ludwig verdrehte genervt die Augen.

Ja, das war nun ihr Geheimnis.

Aber warum sollte seine Erzieherin, die so viel von ihm wusste, die ihn aufgezogen hatte, ihn auch von einem Tag auf den anderen mit „königliche Hoheit" ansprechen?

Das war nun doch nun wirklich albern.

Andererseits, was war schon nicht albern in einem Haushalt, in dem er nicht einmal die Bediensteten grüßen durfte?

Der Gedanke an den Grafen lies Ludwig zusammenfahren. Sybille atmete tief durch und holte zu der Antwort aus, die Ludwig schon auswendig konnte- „Du musst nun einmal Sachen lernen, die dir nur ein anderer Mann beibringen kann. Du bist kein kleines Kind mehr, Ludwig…" erklärte sie. Und eigentlich wusste Ludwig das ja auch.

Er sollte ja stark, einschüchternd, mächtig werden. Männlich eben. Aber interessierte es überhaupt irgendwen, was er wirklich werden wollte? Nein. Und deshalb machte er brav mit.

Die Antwort reichte Ludwig nicht, aber eine Diskussion hätte ihn nur noch trauriger gemacht.

Also stand er auf und zog sich an, Helene wartete nicht gern.

Als Ludwig vom Schloss in den Hof lief, erblickte er Helene sofort, sie stand lauernd hinter dem kleinen Brunnen im Schlosshof, als würde sie nur darauf warten, Ludwig erschrecken zu können.

Wie praktisch, dass Ludwig erst noch an der Küche vorbeigelaufen war und sich einen Apfel mitgenommen hatte, so kam er nämlich nicht von der Seite, von der Helene ihn erwartete hatte.

Liese schlich er sich von hinten an Helene heran und griff ihr plötzlich auf die Schultern, sie schrie hell auf.

„Hab ich dich!" lachte Ludwig, es machte ihn stolz, dass er Helene überlistet hatte, denn eigentlich war sie eine Könnerin, wenn es um Streiche ging.

Sie war wirklich gerissen und schlau, wahrscheinlich hatte sie das von ihrem Vater.

Den kannte Ludwig zwar nicht, aber Helene von Dönniges war die Tochter eines Diplomaten. Was genau Diplomaten machten, wusste er nicht, aber sicher musste man für den Beruf schlau sein.

Helene war ziemlich gute Freundin von Ludwig, auch, wenn sie etwas älter war als er, verstanden sie sich prächtig. Ludwig mochte es gerne, mit etwas älteren Kindern zu spielen, weil man mit ihnen besser reden konnte als beispielsweise mit seinem kleinen Bruder.

Nicht, dass Otto sonderlich dumm gewesen wäre, Ludwig bemerkte nur immer wieder, dass er selbst gute Gespräche eher schätzte als dumme Kinderstreiche.

Er wollte mit seinen Spielgefährten auf Augenhöhe sein, Ludwig fühlte sich bereits sehr erwachsen für sein Alter.

Wie Sybille gesagt hatte, er war doch kein kleines Kind mehr. Wobei, dumme Kinderstreiche fand er zuweilen auch sehr unterhaltsam, obwohl Ludwig immer ganz besonders Angst davor hatte, erwischt zu werden.

Er wollte wirklich keinen Ärger mit seinem Vater bekommen, denn dieser war wahrhaftig kreativ, wenn es darum ging, sich gemeine Strafen auszudenken, die zwar nach außen hin nicht drakonisch wirkten, Ludwig aber eine große Lektion waren.

Einmal, daran konnte sich Ludwig noch allzu gut erinnern, hatte er ihm den Zucker im Tee verboten, woraufhin Ludwig fünf Tage lang nur Wasser getrunken hatte- eine wirklich schreckliche Zeit für den Jungen.

Helene war mutiger als Ludwig, sie hatte keine Angst vor ihrem Vater oder überhaupt vor irgendwem. Hin und wieder erschien Ludwig ihr Verhalten fast als respektlos, aber sie erwischte nie jemand, entweder hatte sie unglaubliches Glück, oder sie war einfach genial im Streiche spielen.

Helene griff Ludwig nun am Unterarm und zog ihn, ehe er sich versah, zurück in das Schloss, sie liefen einige Treppen hoch, er hinter ihr her, bis sie auf dem kleinen Balkon vor dem Empfangszimmer standen.

Ludwig sah hinunter. Der Balkon war nicht weit über dem Boden, vielleicht 2,3 Meter, schräg unter ihnen befand sich der Brunnen, hin und wieder lief ein hektischer Bediensteter dort entlang.

„Ist Fräulein von Meilhaus in der Nähe? Oder der Graf?" flüsterte Helene, Ludwig sah sich um und schüttelte den Kopf.

„Ich glaube nicht. Sie ist vor einigen Minuten, nachdem sie mich holte, zu Otto gegangen, und den Grafen habe ich heut noch nicht zu Gesicht bekommen…"

Helene nickte nur und grinste hinterhältig, Ludwig sah sie fragend an.

„Was willst du spielen? Wollen wir an den See gehen?" fragte er, hoffend, dass er sie davon abhalten könnte, Unsinn zu machen, ohne als feige dazustehen.

Aber Helene schüttelte den Kopf, deutete nach unten, in den Schlosshof.

Dann spitzte sie die Lippen, und ihr Grinsen wurde noch stärker. Ludwig verstand. Sie wollte ihn heute wohl noch unbedingt übertrumpfen, worin auch immer.

Aber er würde nicht kneifen. Das „Hinunterspucken" war die Paradedisziplin seiner guten Freundin, und sie wusste genau, dass Ludwig nicht sonderlich treffsicher war. Trotzdem, ein Kronprinz war nicht feige.

„Ich beginne." Er stand auf.

Ludwig atmete ganz tief ein, sammelte die Spucke in seinem Mund und lehnte sich dann, mit einem großen Schwung, über das Geländer.

Er war richtig außer Atem, als er fertig war und enttäuscht zusehen musste, wie seine Spucke einfach nur gerade hinunterfiel und keine zwei Meter vom Balkon auf den Boden aufkam.

Helene lachte nur- lachte sie ihn aus?

Ohne sich überhaupt nach vorne zu beugen, ohne sich auch nur ein bisschen anzustrengen, spuckte sie deutlich weiter als er.

Ludwig ärgerte sich. Er spuckte noch einmal.

Sie übertrumpfte ihn gleich darauf wieder.

Noch einmal, und noch ein weiteres Mal.

Plötzlich hörten sie einen verärgerten Aufschrei.

Schnell duckten die beiden sich hinter das Geländer das Balkons, Helene zischte „Mist!" und sah vorsichtig nach, wer dort unten von ihrer Spucke getroffen worden war.

Sie blickte direkt in die wütenden Augen eines älteren Mannes, den sie sofort erkannte. Es war ein Diener ihres Vaters. „Ja, wer treibt denn da jetzt solch' ne Schw…", begann er zu schimpfen, aber nun stand auch Ludwig auf und sah über das Geländer.

In dem Moment, in dem der Mann das Gesicht des Kronprinzen erkannte, verstummte er und lief, noch immer leise vor sich hin fluchend, aber durchaus eingeschüchtert, davon.

Plötzlich begann Helene, laut zu lachen, und Ludwig konnte gar nicht anders, auch er lachte lauthals mit, obwohl ihm der Schreck noch in den Knochen saß.

„Wir haben ihm auf den Kopf gespuckt! Wie der geguckt hat, als er dich gesehen hat! Ludwig, ich bin so froh, dass wir befreundet sind- als Kronprinz kann man sich wohl so einiges erlauben!" rief Helene, und Ludwig grinste sie an.

Wie der alte Mann geguckt hatte!

Das war fast, als hätte ihm eine Taube auf den Kopf gemacht…

Und nicht einmal Ärger hatten sie bekommen!

Jetzt konnte Ludwig gar nicht mehr aufhören, zu lachen, in seinen Augenwinkeln sammelten sich bereits kleine Tränen, sodass er gar nicht mehr mitbekam, was um ihn herum passierte.

Er sah nicht, wer, mit den Armen in die Seiten gestemmt, und mit einem wütenden Blick, vor ihnen stand.

Erst, als Helene plötzlich still wurde, öffnete Ludwig, noch immer glucksend, die Augen.

Sofort hörte er auf, zu lachen, und presste die Lippen aufeinander. „Mist." dachte er, aber er sagte es nicht, denn das hätte die Situation nur noch schlimmer gemacht.

Wenn sie überhaupt noch schlimmer werden konnte.

Sybille war eine wirklich liebevolle Frau, aber nun einmal Erzieherin. Und wenn Ludwig sich nicht an die Regeln hielt, dann wurde sie wütend.

„Wie kommt ihr denn bloß auf solche Ideen…" begann sie zu schimpfen, aber Helene unterbrach mit ihrer höchsten und lieblichsten Engelsstimme.

„Fräulein von Meilhaus! Wie erfreut ich bin, Sie hier zu sehen. Wir Kinder machten uns gerade einen schönen Nachmittag auf dem Balkon, wir spielen, wie reizend, dass sie nach uns sehen, nicht, Ludwig? Gerade hat er einen Witz gemacht, der war so lustig, wir können gar nicht mehr aufhören, zu lachen!" sie lächelte Sybille unschuldig an, und Ludwig schluckte nur.

Er konnte Sybille doch nicht belügen…Auf der anderen Seite, wenn sein Vater herausfand, dass er sich nicht benahm, dann würde ihn nicht nur ein schlechtes Gewissen strafen.

Helene sah ihn fordernd an, und Sybille zog eine Augenbraue hoch. Ludwig musste jetzt etwas sagen… „Ja." Das war das Einzige, was er herausbrachte, aber Sybille dabei in die Augen schauen, das war nun wirklich unmöglich.

„Ihr müsst gar keine Ausreden erfinden. Königliche Hoheit, Fräulein von Dönniges, kommt bitte mit!" Helene stand geknickt auf, Ludwig reagierte nicht.

„Königliche Hoheit!" wiederholte Sybille, und erst jetzt verstand Ludwig, dass er damit gemeint war.

Richtig- vor anderen durfte sie ihn nicht duzen.

Ludwig wechselte noch einen enttäuschten, etwas ängstlichen Blick mit Helene, dann stand auch er auf und sie folgten Sybille in das Einlasszimmer.

6.KAPITEL

DIE EHRE EINES KÖNIGS

"08. APRIL 1857, BERCHTESGADEN"

Tik-Tak. Tik-Tak. 15:27 Uhr. Noch drei Minuten.

Tik-Tak.

Warum schlichen die Zeiger der Uhr nur so langsam vor sich hin?

Tik-Tak.

Tik- Ein Räuspern.

Ludwig schreckte hoch.

Er war vollkommen auf seinem Stuhl zusammengesunken, hielt den Kopf in beide Hände gestützt und starrte seit exakt sechzehn Minuten und 34 Sekunden auf die Uhr, die gegenüber von ihm an der Wand hing.

Es war 15:28 Uhr. Noch zwei Minuten.

„Königliche Hoheit!" Ludwig richtete sich auf und sah den Professor Steiniger direkt vor sich stehen, er sah ihn wütend an.

„Seine Majestät der König haben befohlen, dass die Zeit, die königliche Hoheit im Unterricht mit

Unaufmerksamkeit versäumen, nachgeholt wird. Heute geht der Unterricht eine halbe Stunde länger." sagte der Professor mit erhobenem Zeigefinger, Ludwig sank wieder in sich zusammen.

15:29. Noch 31 Minuten also.

„Königliche Hoheit, Aufmerksamkeit, bitte!" mahnte der Professor ein weiteres Mal streng, und Ludwig seufzte leise.

Noch eine halbe Stunde Unterricht, das würde er nicht mehr aushalten.

Er konnte sich doch eh nicht mehr konzentrieren, schon seit heute Mittag nicht mehr, Ludwig hatte Hunger und die Themen, die sie im Unterricht behandelten, interessierten ihn doch gar nicht.

Immer wieder wanderten seine Gedanken weg vom Unterrichtsgeschehen, hin zu dem letzten Wochenende, das er in Possenhofen verbracht hatte.

Possenhofen war neben Hohenschwangau sein liebster Ort, und am letzten Samstag war auch seine liebste Cousine zu Besuch gewesen.

Seit sie geheiratet hatte, war Elisabeth nicht mehr oft daheim, aber wenn sie sich dann einmal sahen, war sie noch immer die Gleiche.

Wen sie gemeinsam ausritten, durch das Schoss rannten oder sich Witze erzählten, dann sah Ludwig in seiner Cousine nicht die verheiratete Kaiserin, sondern das erst neunzehnjährige Mädchen, das sie doch eigentlich noch war.

Nur, wenn sie ihm Geschichten aus ihrem Leben- welches so anders war als seines, und doch in manchen Aspekten genauso eintönig und traurig- erzählte, dann realisierte er, dass sie den Großteil ihrer Zeit am Wiener Hof verbrachte.

Aber die meiste Zeit über fühlte sich so an, als hätte Ludwig in Elisabeth eine große Schwester, die zum Studieren weit weg gezogen war.

Am letzten Wochenende hatte sie ihm etwas gezeigt, das sein Leben für immer verändern würde: Zwei Bücher.

Flüsternd hatte sie ihm erzählt, worum es sich dabei handelte, und sie Ludwig überreicht.

Seitdem waren drei Tage vergangen, und Ludwig hatte beide Bücher schon mehrere Male gelesen.

Dabei hatte Ludwig den Komponisten, einen gewissen Richard Wagner, davor noch nicht gekannt, nicht einmal seinen Namen hatte er gehört.

Ohne jede Erwartung hatte er damit begonnen, die ersten Seiten zu lesen.

Seitdem hatte er die Bücher nicht mehr aus der Hand legen können.

Die Art und Weise, wie Wagner beschrieb, und erklärte sowie seine Fähigkeit, mit einfachen Worten ganze Welten und Gefühle zu erschaffen, hatten Ludwig in seinen Bann gezogen.

Er hatte die ganze letzte Nacht gelesen, nun fielen ihm fast die Augen zu.

Er konnte an nichts anderes mehr denken, er wollte nur zurück in sein Zimmer und ein weiteres Mal in den Büchern lesen, träumen und vollkommen darin versinken.

Stattdessen saß er in diesem kalten Zimmer und musste sich mathematische Formeln und die Regeln der lateinischen Grammatik anhören, die er sowieso nicht behalten konnte.

Wofür würde er das alles später überhaupt brauchen?

Er wäre doch König, konnte er nicht dann tun und lassen, was auch immer er wollte?

Latein und Mathematik würde ihm doch wohl kaum helfen, ein Land zu regieren…

Der Professor, der Ludwig in Latein und Mathematik unterrichtete, war nur einer seiner zahlreichen Lehrer.

Ludwig musste in vielen Themenbereichen unterrichtet werden, um eine allumfassende Allgemeinbildung zu erreichen.

Auch Ludwigs Erzieher, Graf Basselet de la Rosee, fungierte als Lehrer.

Obwohl Ludwig mit dem Grafen als Person noch immer nicht gut auskam, mochte er seinen Unterricht ziemlich gern, das konnte aber auch daran liegen, dass er kein Latein unterrichtete.

Der Professor wandte sich wieder seinen Texten und Tabellen zu, und Ludwig verschränkte die Arme vor der Brust.

Er hatte ja nichts dagegen, etwas zu lernen-
Nein, in seiner Freizeit las er sogar unglaublich gern,
aber auf Deutsch.

Latein sprach doch niemand mehr, Ludwig
wollte ja schließlich nicht Papst oder Arzt werden,
sondern König, und einige Sätze und Ausdrücke
konnte er ja, das reichte doch!

Warum musste er all diese Dinge lernen, wenn
sie ihm doch gar keinen Spaß machten? Er sah absolut keinen Sinn dahinter.

Der Professor und König Maximilian wohl
schon. Genossen sie es etwa, Ludwig so zu quälen?

Besonders der Professor musste es genießen,
sonst hätte er den Unterricht nicht auch noch ver-
längert.

Wenn Ludwig erst König wäre, dann würde er
diesem Menschen die Leviten lesen, ihn dafür bezah-
len lassen, dass er ihn an diesem Tag länger im Unterricht gelassen hatte!

Der würde sich noch wundern, sein Unterricht
war Ludwig nicht würdig, er war eine Demütigung!

Noch 20 Minuten. Die Sonne schien durch eines
der Fenster hell auf Ludwigs Schreibtisch.

Wie gerne er jetzt nach draußen gegangen wäre!

Ein kleiner Spaziergang im Schlossgarten, vielleicht könnte er sich sogar mit seinen Büchern in die
Sonne setzen…

Aber auch, wenn die Schulstunde vorübergegan-
gen wäre, würde Ludwigs Tag noch lange nicht frei
von Terminen sein, viel Zeit zum Lesen, geschweige

denn zum Spazierengehen, würde ihm heute nicht mehr bleiben.

Um 18 Uhr würde er immerhin noch Reitstunden haben, aber diese Art des Unterrichts genoss Ludwig sehr.

Er freut sich sogar schon ein bisschen darauf.

Auf dem Pferd fühlte er sich stärker, größer und so, als hätte er alles unter Kontrolle. Königlich eben.

Und Pferde waren so unglaublich praktisch! Man konnte mit ihnen viel schneller fast überall hin gelangen, anmutig und ästhetisch waren sie dazu auch, sie konnten Kutschen und Lasten ziehen, sie waren wahrhaft majestätische Tiere, eines Kronprinzen würdig- Im Gegensatz zur lateinischen Sprache.

Noch 15 Minuten. Nein, 14.

Ludwig hatte schon lange keine Geduld mehr. Ihm würden bald die Augen zufallen, er brauchte Ruhe, aber er wusste genau, dass er sie so bald nicht bekommen würde.

Es war erst Mittwoch, und der Prinz hatte von montags bis samstags Unterricht.

Er musste an all diesen Tagen um 5:30 aufstehen und seine Pflichten endeten oft erst nach 19 Uhr.

Dazu kam, dass die Lehrer einen hohen Anspruch an Ludwig stellten, dem er ohne zusätzliches Lernen nicht gerecht werden konnte.

Stunden zum Spielen blieben ihm nicht mehr. Aber so war es nun einmal, wenn man ein weiser, guter Herrscher werden sollte, so hatte es zu mindestens Ludwigs Vater gesagt, wenn er sich beschwert hatte.

Nicht, dass das oft vorgekommen wäre, nur meldeten Ludwigs Lehrer sein geringes Interesse an Fächern wie Latein wirklich liebend gern dem König, woraufhin Ludwig irgendwie versuchen musste, seine Meinung zu verteidigen.

Das endete aber meist, eigentlich immer, in Strafen.

Aber Ludwig verstand den Sinn hinter der Schule manchmal einfach nicht.

Noch 5 Minuten. Ludwig hatte kein Wort davon mitbekommen, was der Professor referierte, aber er nickte immer stumm, wenn dieser sich umdrehte und versuchte, mindestens irgendwie aufmerksam auszusehen.

Eine weitere Verlängerung würde er nicht ertragen.

Noch 3 Minuten.

Ludwig richtete sein Haar.

2 Minuten.

Er konnte doch viel Besseres mit seiner Zeit anfangen. Königin Marie hatte ihm und Otto versprochen, noch in diesem Monat gemeinsam mit ihnen den Säuling, einen Berg ganz in der Nähe von Hohenschwangau, zu besteigen.

Eine Minute.

Aber der Professor war noch nicht fertig.

Ludwig räusperte sich. Er wollte ja nicht unhöflich sein, aber seine wenigen freien Stunden am Tag musste er genießen.

Der Professor beachtete ihn nicht im Geringsten.

Ludwig räusperte sich ein weiteres Mal, nun etwas lauter. Laut genug. Der Professor fuhr herum.

Er war so dermaßen in seine lateinischen Formeln vertieft gewesen, dass er die Zeit vergessen hatte. Ludwig stand auf und nickte ihm zu, bevor er ging.

„Vielen Dank." sagte er hektisch.

„Königliche Hoheit." der Graf verneigte sich kurz zur Verabschiedung und lies Ludwig ohne ein weiteres Wort gehen.

Ludwig atmete auf.

Er hatte einen weiteren Schultag geschafft.

Es raubte ihm so unglaublich viel Energie, 9 Stunden am Tag einem Lehrer zuzuhören, dass er jeden Abend todmüde in sein Bett fiel.

Wenn er erst König wäre, würde er seine Kinder nicht so viel in die Schule schicken, besonders nicht seinen Thronfolger, denn der musste so viel anderes lernen.

Die schönen Künste, zum Beispiel.

Und Sprachen, die noch gesprochen wurden, die einem König im Umgang mit internationalen Konflikten weiterhelfen würden.

Sprachen wie Französisch.

Ludwig mochte Französisch. Die Sprache war zwar schwer, aber wenn man sie sprechend konnte, dann klang sie so schön melodisch, fast kunstvoll, wie geschwungene Lettern auf frischen, edlen Papier.

Sybille hatte Ludwig einmal erklärt, dass andere Kinder alle gemeinsam in die Schule gingen.

Sie waren in großen Klassen, manchmal über 30 Kinder in einem Raum, und es gab trotzdem nur einen Lehrer, der unterrichtete.

Wenn man etwas sagen wollte, musste man sich melden und wurde drangenommen.

Das nannte sich dann „öffentliche Schule".

Ludwig wusste nicht ganz, ob er diese Kinder beneidete oder nicht. Schon der bloße Gedanken daran, mit so vielen fremden Kindern in einem Raum zu sitzen, machte ihm eine Gänsehaut.

Andererseits waren die Stunden mit guten Freunden an der Seite sicherlich nicht so langweilig und zäh, wie alleine. Und anstatt auf die Uhr zu starren und die Sekunden zu zählen, konnte man sich vielleicht unterhalten.

Die Sonne schien direkt in den Schlosshof, für einen Tag im frühen April war es schon ungewöhnlich warm.

„Ludwig! Ludwig!" rief plötzlich eine laute, hohe Kinderstimme, Ludwig fuhr herum.

Es war sein kleiner Bruder, der so grell nach ihm schrie. Ludwig sah ihn genervt an. Er wollte jetzt nicht mit seinem Bruder spielen.

Aber Otto plapperte unbehelligt weiter. „Ich will Zinnsoldaten mit dir spielen."

Otto fuchtelte mit dem Zinnsoldaten, den er in seiner kleinen Kinderhand hielt, vor Ludwigs Nase herum.

„Schön." Ludwig wandte sich zum Gehen, aber Otto lief hinter ihm her.

„Ich bin jetzt ein Ritter. Ich bin stärker als du!" rief er und pikste Ludwig mit dem Zinnsoldaten in den Oberschenkel.

„Otto, ich möchte meine Ruhe haben." mahnte Ludwig genervt, aber Otto ließ nicht locker.

Er begann, um Ludwig herumzulaufen. „Ich kann dich besiegen! Ich bin stärker als du! Ich bin ein Ritter!" lachte er.

Das reichte jetzt. So wollte Ludwig nicht mit sich reden lassen. Kinder konnten so respektlos und dumm sein!

Wusste Otto überhaupt, mit wem er hier sprach?

Ludwig griff den Zinnsoldaten und riss ihn aus Ottos Hand.

Er sah Otto dabei direkt in die Augen.

Der sollte einmal sehen, wer hier der Stärkere war!

„Du bist rein gar Nichts."

Ludwig warf die Figur schwungvoll hinter sich und ging langsam auf Otto zu.

Er drückte seinen kleinen Bruder energisch auf den Boden und drückte mit dem Knie auf dessen Brust.

Otto schnappte nach Luft. Ludwig war in diesem Moment gar nicht mehr bewusst, was er da tat, der ganze Frust, Ärger und die Enttäuschung über sein eigenes Leben, die sich in ihm angestaut hatten, mussten jetzt irgendwo hin.

Er zog sein Taschentuch und drückte es Otto auf den Mund.

Das Gefühl von Macht fühlte sich gut an, wie eine unbekannte Wärme durchströmte es seinen Körper.

Nie wieder würde Otto es wagen, ihm so respektlos gegenüberzutreten.

Ludwig sah die Panik in den Augen seines Bruders.

 Ein bisschen freute er sich.

Nun war es offensichtlich- er war der stärkere und der bessere Bruder.

Der Thronfolger, der Erstgeborene.

Otto würde sich sein Leben lang ihm unterordnen müssen.

„Du bist mein Untertan! Du musst mir gehorchen. Ich werde einmal König sein!" zischte Ludwig seinem Bruder ins Ohr.

Otto nickte nur hektisch und ängstlich, sein Gesicht war hochrot angelaufen.

Wie lange Ludwig ihm wohl das Taschentuch auf den Mund drücken musste, damit er aufhörte, nach Luft zu schnappen?

Ob er in der Lage war, jemanden zu töten?

Die Zweitgeborenen konnten einem Thronfolger oft gefährlich werden, wenn sie selbst regieren wollten…

Damit könnte Ludwig doch jetzt endgültig seine Position sichern. Nur ein bisschen länger musste er noch drücken…Allerdings wäre Otto tot nicht mehr in der Lage, die späteren Triumphe seines großen Bruders mitzuerleben.

Sein kleiner Bruder würde ihm nicht gefährlich werden, das könnte Otto gar nicht, dafür war er zu klein und zu dumm.

Nein, Töten würde Ludwig ihn nicht.

Aber fast. Dann hätte er seine Lektion ein für alle Mal gelernt.

Otto begann damit, um sich zu schlagen, aber Ludwig war stärker, er drückte die Schultern seines Bruders immer fester auf den Boden.

Erst der Lehrer und dann sein Bruder- sie alle konnten ihm nicht den Respekt geben, den er verdiente! Sie mussten ihm als seine Untertanen gegenübertreten, nicht belehrend, nicht aufdringlich, sondern mit Demut!

Plötzlich packte jemand Ludwig an den Schultern und riss ihn zurück, sodass er nicht mehr über seinem kleinen Bruder kniete.

Otto schnappte nach Luft und rappelte sich auf, Ludwig lag nun verdutzt auf dem Boden.

„Königliche Hoheit!" eine strenge Männerstimme, die wohl zu der gleichen Person gehörte wie die Hände, die Ludwig zurückgerissen hatten, sprach streng und mahnend zu dem Kronprinzen.

Ludwig öffnete die Augen und sah einen Hofbeamten über sich gebeugt, der ihn erschrocken ansah.

„Ludwig wollte mich umbringen!" rief Otto und rannte zu seinem Zinnsoldaten, der gute 2 Meter hinter Ludwig lag.

„Das können seine königliche Hoheit seiner Majestät am besten persönlich erklären."

Der Bedienstete bedeutete Ludwig, mitzukommen.

Ludwig stand auf, er war ganz verschwitzt. Er fasste sich an die Wangen, sie waren glühend heiß.

Sicher war er auch rot im Gesicht, auf Ludwigs weißer Hose prangte ein häuslicher Grasfleck.

Dass Otto auch nicht besser aussah, mache die Situation für Ludwig nur etwas erträglicher.

Doch bei dem Gedanken an das, was ihm jetzt bevorstand, wurde Ludwig schlecht.

Er sollte jetzt also seinem Vater erklären, warum er seinen kleinen Bruder fast erstickt hatte.

Ja, wie sollte er sich da verteidigen?

Seine Gefühle waren mit ihm durchgegangen, das war nicht das erste Mal gewesen, dass Ludwig überreagiert hatte.

Schweigend folgte er dem Bediensteten und betete stumm darum, dass sein Vater keine Zeit für so einen Kinderkram haben würde.

Doch er König Max hatte alle Zeit der Welt, um seinen Sohn zur Schnecke zu machen.

Während der Hofbeamte, dem der Schreck noch immer im Gesicht stand, den Vorfall schilderte, biss Ludwig nervös auf seiner Unterlippe herum.

Ludwigs Vater schickte den Hofbeamten hinaus.

Stille füllte den Raum, es war kaum auszuhalten.

„Guten Tag, Papa. Der Hofbeamte wünschte, dass ich mit ihnen rede, was mir…" begann Ludwig stotternd.

Doch Maximilian ließ seinen Sohn nicht ausreden. „Ludwig, was fällt dir eigentlich ein?" schimpfte er, und Ludwig sank auf seinem Stuhl zusammen.

Mit dieser Reaktion hatte er zwar gerechnet, doch die Härte in der Stimme seines Vaters machte ihm Angst.

Der König schien nicht nur genervt, sondern wahrhaftig wütend zu sein.

Wenn Ludwig sich noch irgendwie verteidigen konnte, dann jetzt.

„Aber Papa, sie verstehen nicht, Otto hat mich…"

„Es ist mir egal, was Otto gemacht hat, du hättest ihn beinahe kaltblütig umgebracht, wenn niemand gekommen wäre! Das wäre Mord gewesen!"

Maximilian stand auf und kam näher an Ludwig heran.

Der wusste gar nicht, wie ihm geschah, und plötzlich brannte seine Wange schrecklich, erst die linke, dann, kurz darauf, auch die Rechte.

Den Knall der Ohrfeigen hörte er erst, als er schon wusste, dass er sie bekommen hatte.

„Du lernst diese Woche mehr als sonst!" brüllte Maximilian seinen Sohn an, Ludwig merkte, dass ihm Tränen in die Augen stiegen. Das war nicht gerecht.

Er ballte seine Hände zu Fäusten, als er den Thronsaal verlies, nach zahlreichen weiteren Ohrfeigen und Strafen, die Maximilian ihm entgegengeschrien hatte, die meisten davon hatte er nicht einmal mehr gehört.

Eine unglaubliche Wut wuchs in Ludwig heran.

Er war wütend auf seine Lehrer, die ihn behandelten, als wäre er ein kleiner, dummer Bauernjunge.

Auf seinen Bruder, der dachte, er könnte dem Kronprinzen so respektlos gegenübertreten.

Und zu guter Letzt auf seinen Vater, der ihn nicht verstand.

Oder ihn nicht verstehen wollte.

Sie alle nahmen ihn nicht ernst! Das würden sie so sehr bereuen.

In seinem Zimmer angekommen, warf Ludwig sich auf sein Bett.

Zu den Reitstunden heute Abend würde er nicht erscheinen, aus reinem Protest.

Von dieser Ungerechtigkeit musst er sich erst einmal erholen, allein, nur die Gesellschaft von seinen Büchern würde er dulden.

7.KAPITEL

LOHENGRIN

"02. FEBRUAR 1861, MÜNCHENER OPER"

Unter schallendem Applaus verließen die Darsteller die Bühne, nachdem sie sich ein weiteres Mal verbeugt hatten.

Es schien, als sei diese Verbeugung nun wirklich die letzte gewesen.

Der Vorhang wurde zugezogen, die letzten Töne der Musik verklungen, und langsam wurde es in der Oper wieder hell.

Das Publikum begann, zu reden, und der Saal leerte sich rasch.

Das grelle Licht blendete Ludwigs Augen, die noch an die Dunkelheit gewohnt waren, er kniff sie zusammen.

Es war vorbei.

Die schönsten Stunden seines 15-jährigen Lebens waren vorbei.

Nein, das durfte nicht so sein.

Er wollte die Oper noch nicht verlassen, mehr noch, er fühlte sich wirklich nicht dazu in der Lage.

Wenn er jetzt aufstand, dann würden seine Beine nachgeben, sie fühlten sich an, als wären sie aus Pudding.

Ludwig hatte noch Gänsehaut am ganzen Körper und begann schon bei dem Gedanken daran, die warme Oper zu verlassen, zu frieren.

Nein, es konnte doch noch nicht vorbei sein!

Er wollte hier bleiben, für den Rest seines Lebens.

Er wollte das, was er in den letzten Stunden zum ersten Mal gespürt hatte, nie wieder loslassen.

Diese Magie.

Die Musik, die Schauspieler, ihre Texte, die atemberaubende Kulisse.

Hier gehörte er hin.

Zum ersten Mal in seinem Leben hatte er dieses Kribbeln im ganzen Körper gespürt, von dem ihm Sybille immer berichtet hatte.

Sie spürte dieses Kribbeln, wenn sie ein Kind lächeln sah.

Ludwig hatte seine Mutter gefragt, wann sie dieses Kribbeln spürte.

„Beim Wandern", hatte sie gesagt, „und wenn ich an meine Zeit als kleines Mädchen zurückdenke. An die Freiheit. Die Sorglosigkeit."

Als sie das erzählt hatte, hatte Ludwig sich zum ersten Mal mit seiner Mutter verbunden gefühlt.

Ihre Augen hatten geleuchtet, und in ihrem Lächeln hatte er so unglaublich viel Schmerz erkennen können, dass es ihm selbst richtig wehgetan hatte.

Dann hatte er sich darauf zurückbesinnt, dass er diese wunderbare Kindheit- dank ihr- nie gehabt hatte.

Nun hatte Ludwig sein Kribbeln gefunden.

Endlich.

„Königliche Hoheit, kommt ihr?" mahnte der Aufpasser, dessen Namen Ludwig entfallen war, plötzlich.

Er schreckte auf.

Mittlerweile war der gesamte Zuschauerraum leer, nur auf den Rängen saßen noch einige wenige neugierige Menschen, die zum Kronprinzen hochsahen.

Wahrscheinlich fragten sie sich, warum er stocksteif auf seinem gepolsterten Stuhl saß.

Doch Ludwig konnte nicht anders, alles in ihm wehrte sich dagegen, aufzustehen.

Er wollte das Gefühl zurück, das soeben noch seinen ganzen Körper ausgefüllt hatte.

Die Fähigkeit, die ganze Welt er einfach zu vergessen, hinter sich zu lassen.

Es war, als wäre er süchtig geworden, abhängig direkt nach dem ersten Konsum.

Wenn das so war, dann war das Theater eine unglaublich gefährliche Droge.

Und Ludwig war schon, bevor er die Oper betreten hatte, unglaublich gefährdet gewesen.

Denn bevor er den „Lohengrin" nun endlich in der Oper gesehen hatte, hatten ihn die Texte von Richard Wagner auch schon komplett vereinnahmt.

Richard Wagner, der größte Künstler aller Zeiten!

Ludwig hätte Lobeshymnen schreiben können.

Die Texte und die Geschichte waren mit der Inszenierung vollendet worden und bildeten eine nie dagewesene Vollkommenheit, Perfektion, ein Paradies auf Erden.

Es hatte sich angefühlt, als hätte Wagner höchstpersönlich Ludwig an die Hand genommen und ihn mit in diese Traumwelt genommen, in welcher er den „Schwanenritter" lebendig werden ließ.

Wenn jemand Ludwig als Kind erzählt hätte, dass er seine Lieblingssage im Theater ansehen konnte, dann hätte er vor Freude wohl geweint.

Auch jetzt standen ihm die Tränen in den Augen, doch das durfte niemand sehen.

Er musste so tun, als sei Alles normal, sonst würde sein Vater ihn nie wieder in die Oper gehen lassen.

Damit beschäftigt, einen möglichst neutralen Gesichtsausdruck zu bewahren, erhob sich Ludwig jetzt aus seinem Stuhl.

Er nickte der Wache kurz zu, versuchte, nicht umzukippen, obwohl ihm ständig schwarz vor Augen wurde.

Nachdem er ganze drei Meter gelaufen war, musste Ludwig sich kurz anlehnen.

Er atmete tief durch und warf noch einen letzten Blick auf die Bühne, die nun so still und verlassen dalag.

Wie sehr er das Kribbeln vermisste.

„Königliche Hoheit, geht es euch gut?" fragte die Wache vorsichtig, und Ludwig nickte nur wieder schweigend.

Er war so unglaublich überwältigt von den Fähigkeiten Wagners. Wie konnte es einem einfachen Menschen möglich sein, so etwas zu erschaffen, zu komponieren, zu inszenieren?

Schon seit er die Werke gelesen hatte, hatte Ludwig viel von Richard Wagner gehalten, aber diese Vorstellung machte ihn für Ludwig vom durchaus begabten Künstler zu einer Art Gott der Kunst, zu dem Schöpfer schlechthin.

Er himmelte Wagner an, ja, er hätte sogar zu ihm gebetet.

Seufzend wand Ludwig sich nun von der Bühne ab. Er war verwirrt. Was hatte Wagners Werk mit ihm gemacht? War er verzaubert?

An diesem Abend im Februar 1861 war Kronprinz Ludwig das erste Mal in die Oper gegangen. Unter Begleitung von drei Wachen hatte er sich den „Lohengrin"- eine Oper Richard Wagners, mit Elementen der Schwanenrittersage, in der Münchener Oper angesehen.

Davon hatte Ludwig schon lange geträumt. Den „Lohengrin" hatte er schon einige Male gelesen, zum ersten Mal mit gerade 12 Jahren, aber bis zu seinem 16. Lebensjahr hatte sein Vater ihm immer strikt verboten, in die Oper zu gehen.

So welche Interessen waren in den Augen Maximilians nicht förderlich für die Entwicklung seines Thronfolgers. Wahrscheinlich hatte er sich gewünscht, dass Ludwig, wenn sie ihm nur lang genug verwehrt belieben würde, die Oper vergaß.

Aber eines Tages hatte Ludwig den König Maximilian überredet, vielleicht hatte Maximilian das ständige Betteln seines Sohnes einfach nicht mehr ausgehalten.

Und dann war also der große Tag gekommen. Ludwig hatte von der Oper einiges erwartet, Sybille hatte ihm erzählt, wie eindrucksvoll schon allein das Haus der Kunst war.

Tagelang hatte er sich auf die Vorstellung gefreut, das Stück noch ein weiteres Mal durchgelesen und selbst in seinem Zimmer einzelne Textpassagen nachgespielt und heimlich gesungen, natürlich nur, wenn er sich sicher war, dass ihn niemand hören konnte.

Diese Vorführung allerdings hatte seine Erwartungen um Weites übertroffen.

Als er die Oper verlassen hatte und den Heimweg antrat, schwieg Ludwig durchgehend.

In seinem Kopf spielten sich die Szene immer wieder ab, wenn er die Augen schloss, sah er den Lohengrin und Elsa wahrhaftig vor sich, er hörte nicht einmal das Gemurmel der Menschen, nicht das Geschrei auf den Straßen, nicht das Klackern der Pferdehufe auf den Steinen, Nein, er hörte die Ouvertüre des Stücks, immer wieder, und er genoss es.

Schon wenige Minuten nach dem Ende der Oper wollte er nur noch eines: Zurück.

Es war wie ein Rausch gewesen, der ihn kurz erfüllt hatte und der jetzt zu Ende ging- und die wohlige, euphorische Wärme in seiner Brust wich wieder der Leere, die sich so vertraut anfühlte, dass sie wohl schon immer da gewesen war, ohne dass Ludwig es bewusst gewesen wäre.

„Kunst, das ist es wohl", dachte er, „das ist das Einzige, was diese Leere in meinem innersten erfüllen konnte, wenn auch nur für eine kurze Zeit."

So, wie in der Oper hatte er sich wirklich noch nie gefühlt.

Als die Kutsche am Schloss Nymphenburg ankam, war es bereits Nacht.

Die Sterne funkelten am Himmel und es war sehr kühl, sodass Ludwig sich fest in seinen Mantel hüllte, als er ausstieg.

Viele Zimmer im Schloss waren schon dunkel, und der nächste Tag würde für ihn früh starten, aber alles in ihm war noch so aufgedreht, lebendig, er konnte jetzt noch nicht schlafen gehen, er wollte noch nicht schlafen gehen.

Nachdem Ludwig einen eher halbherzigen Versuch gestartet hatte, einzuschlafen, verließ er seine Gemächer.

Er beschloss, sich auf die Suche nach Sybille zu machen. Sie hatte den „Lohengrin" schon gesehen und mit ihr konnte er darüber reden, vielleicht sogar über all das, was die Kunst in ihm ausgelöst hatte, auch, wenn er sich ziemlich sicher war, dass diese Intensität der Gefühle einmalig war.

Oder konnte ihn jemand verstehen?

Ludwig lief auf Zehenspitzen im Schloss herum, auf der Suche nach seiner früheren Erzieherin.

Auch im Dunklen konnte er sich problemlos in den Gängen orientieren, er brauchte nicht einmal eine Kerze.

Er tastete sich gerade an den Wänden entlang eine Treppe hinunter, als ihm plötzlich ein blonder Junge gegenüberstand.

Prinz Otto, mit einer Kerze in der Hand, blinzelte seinen älteren Bruder verschlafen an.

„Ludwig." stammelte er nur, er erschrak und zuckte zurück, als er das breite Grinsen auf dem Gesicht des Kronprinzen sah.

„Gott, Ludwig, was ist passiert?" Jetzt hatte jemand nachgefragt, nun konnte Ludwig seine Freude erst recht nicht mehr für sich behalten.

Er griff Otto am Unterarm und zerrte ihn mit in sein eigenes Schlafzimmer, wo sein Bruder sich verwirrt auf das Bett setzte. Sicher hatte er schon geschlafen.

Aber das war Ludwig jetzt egal. „Du glaubst es nicht. Du glaubst nicht, was die Oper mit mir gemacht hat, Otto. Es war wunderbar!" schwärmte Ludwig mit verträumten Blick, und Otto stützte resigniert den Kopf in die Hände.

„Ludwig, ich dachte, irgendetwas wäre passiert...Deshalb rennst du mitten in der Nacht im Schloss herum? Um Gotteswillen, musst du nicht schlafen?"

Ludwig schüttelte den Kopf. „Du verstehst nicht. Es ist etwas passiert. Diese Kunst...diese Magie, sie hält mich wach. Die Lieder spielen pausenlos in meinem Kopf und die Bilder sehe ich, wenn ich die Augen schließe. Ich bin geblendet von dieser Kunst..."

Otto verdrehte genervt die Augen. „verblendet, beim besten Willen."

Ludwig senkte den Blick. Er hatte sich gewünscht, mit jemandem zu sprechen, der seine Begeisterung nachempfinden konnte.

Aber das war nun einmal sein kleiner Bruder. Er verstand nichts von Kunst.

Ludwig merkte, wie er wütend wurde. Warum hatte er seinem Bruder überhaupt von seinen Gefühlen erzählt?

Otto war so anders als er. Die Enttäuschung in Ludwig wandelte sich in tiefste Kränkung.

Am Ende war er wieder der, der für verrückt erklärt wurde.

Warum war nichts Otto Kronprinz?

Er war doch genau das, was sein Vater sich immer gewünscht hatte.

Otto spielte am liebsten mit Zinnsoldaten und erstellte Schlachtpläne.

Ludwig vergrub sich in seinen Büchern und ging nachts spazieren.

Nein, er passte nicht in die Erwartungen der Gesellschaft, und er würde auch nie hineinpassen.

Noch nie hatte er sich zugehörig oder richtig gefühlt. Noch nie, vor diesem Abend. In der Oper war er zuhause gewesen.

Das durfte doch nicht so schwer zu verstehen sein!

„Du musst auch mal in die Oper gehen." drängte Ludwig, aber Otto winkte ab.

„Ich bin doch nicht wie du." sagte er schon fast abfällig, stand auf und verlies Ludwigs Zimmer.

Ich bin doch nicht wie du.

War es etwa so schlimm, so zu sein, wie Ludwig war?

Ludwig stand auf und trat an sein Fenster.

Er öffnete es und sog die kalte Nachtluft ein, so tief, wie er konnte.

In seinem Inneren brodelte es. Er stellte sich vor, wie er Otto hinterherrennen würde, ihn eigenhändig in die Oper schleifen und ihn an einem Stuhl festbinden würde.

Bis er verstand, was er verpasste. Sich auf Knien bei seinem älteren Bruder entschuldigte und sich nichts mehr wünschte, als so zu sein, wie er.

Wenn doch nur irgendjemand so wäre wie Ludwig! Er ballte die Hände zu Fäusten. Ein ungeheurer Zerstörungsdrang stieg in Ludwig auf, er sah kurz zu der Vase hinüber, die auf seinem Nachttisch stand.

Nein. Er konnte die jetzt nicht durch sein Zimmer werfen, das würden die Anderen hören.

Ludwig griff nach seinem Tagebuch, das auf seinem Bett lag. Mit dem Büchlein, das er schon seit einigen Jahren täglich führte, setzte er sich zurück an das Fenster.

Das Tagebuchschreiben war ursprünglich keine eigene Idee von Ludwig gewesen. Es gehörte zu dem Leben eines besonderen Menschen, seine Tage und Erlebnisse niederzuschreiben, das hatte man ihm bereits 1858, als er mit den Einträgen begonnen hatte, gesagt.

Mit der Zeit hatte sich das Tagebuchschreiben allerdings von einer lästigen Pflicht zu einem wohltuenden Ritual entwickelt. An besonderen Tagen tat es Ludwig gut, die Ereignisse noch einmal für sich selbst einzuordnen und seine eignen Eindrücke zu formulieren, es war wie das Aufräumen seiner Gedanken.

„I. Akt." Ludwig kritzelte die Überschrift oben auf das neuaufgeschlagene Blatt und notierte darunter in Stichpunkten die Handlung.

Genauso tat er es für die weiteren Akte des Stücks. Jetzt hatte er die Geschichte festgehalten. Ludwig klappte das Büchlein zu und lies seinen Blick wieder in die Ferne schweifen.

Das, was er vor seinem Fenster sah, war nichts gegen das, was sich in seinem Kopf abspielte.

Wie gern er jetzt von Hohenschwangau aus dem Fenster geschaut hätte.

Dann würde er nicht die laute, hässliche Stadt, sondern nur die Natur hören.

Er schloss die Augen und stellte sich vor, wie die Baumkronen, durch die der Wind rauschte, klangen, das Rascheln, welches selbst die stillsten Fluchttiere im Gras nicht vermeiden konnte.

Warum konnte das niemand genauso fühlen?

Solch wunderbare Empfindungen konnten doch nicht falsch sein, waren sie doch durchweg gut und friedlich, verletzten sie doch niemanden, im Gegenteil, beflügelten sogar ungemein.

Eher falsch erschien Ludwig der ewige, am Ende doch sinnlose Kampf nach Macht, der immerzu um ihn herum geführt wurde.

Den Kampf, den schon all seine Vorfahren geführt hatten, den sein Vater führte, den er irgendwann weiterführen sollte.

Und dessen Ergebnis jetzt schon in Stein gemeißelt war: Wenn die Menschen so weitermachten, würde alles in Krieg und Leid enden.

Das hatte es schon so oft getan.

Dabei konnte es doch alles so einfach sein. Die Kunst als Friedensvertrag zwischen Ländern, das musste doch funktionieren.

Melodien sprachen keine spezielle Sprache, sie konnten Preußen doch im gleichen Maße beglücken wie Franzosen oder Amerikaner, wenn man sie nur ließe.

Wenn sich die Machtgierigen nur darauf einlassen würden.

Vielleicht hatte es doch seinen Grund, dass gerade Ludwig König werden würde.

Eben, weil er so anders war, ass er fähig war, etwas zu verändern.

Vielleicht war er auf dieser Welt, um eine Lücke zu füllen.

Vielleicht ergab sein Leben Sinn.

Ja, Gott hatte gerade ihn an diese Stelle gestellt, damit er etwas ändern würde.

Damit er in die Geschichte eingehen würde, mit seiner neuen Weltordnung, die die Kunst über Imperien, Land und Geld stellen würde.

Ludwig ließ sich auf sein Bett sinken, bei noch immer geöffnetem Fenster.

Er ließ sich von den Melodien, die ihn noch immer in seiner Vorstellung umgaben, in den Schlaf singen, versunken in wunderschöne Träume.

Er träumte von riesigen Opern, jubelnden Massen und seinem Volk, dass ihm unendlich dankbar sein würde für das, was er in die Welt gebracht hatte.

Den eiskalten Wind, der durch das Zimmer zog, spürte er nicht.

Er würde einen Unterschied machen.

Und sich schrecklich erkälten.

8.KAPITEL

FREUND

"30. MAI 1863, MÜNCHEN "

Der harte Wind peitschte unaufhörlich in Ludwigs Gesicht, doch was sich sonst als kühle Brise erfrischend angefühlt hatte, prickelte nun wie heißer Wüstensand auf seiner Haut.

Durch die dauerhafte Wärme, die sie in den vorangegangen Wochen dieses Sommers erlebt hatten, waren auch die Luftzüge mittlerweile lauwarm geworden.

Mit jeder Sekunde, drang noch mehr von dieser warmen Luft durch seinen Kragen direkt an Ludwigs Körper, er schwitzte unaufhörlich und sein Haar stand wild zu allen Seiten von seinem geröteten Gesicht ab.

Das am Morgen noch weiß und perfekt glatt gebügelte Hemd war voller Schmutz und Dreck, an einem Ärmel leicht angerissen und zusätzlich hatte sich der oberste Knopf gelöst, sodass noch mehr von der Luft seine Haut berühren konnte.

Ludwig lehnte sich noch etwas weiter nach vorn, drückte seine Schuhe noch etwas fester in die Seiten seines Pferdes und versuchte, es noch schneller galoppieren zu lassen.

Der Wind würde dadurch zwar nicht kälter werden, doch er wollte seinen Adrenalinspiegel noch weiter ansteigen lassen, es fühlte sich so gut an.

Außerdem hatte Ludwig keinerlei Angst, vom Pferd fallen würde er nicht.

Er saß so sicher im Sattel, dass ihm auch eine plötzliche Erschütterung nichts anhaben könnte, davon war er überzeugt.

Ludwig kannte das Gelände außerhalb von München wie seine Westentasche, denn die Umgebung war das Einzige, worauf er sich vor den Aufenthalten in der Hauptstadt freute.   Das Land war im Vergleich zum Allgäu ziemlich flach und weitläufig, es gab viele Felder und riesige Wiesen, auf denen Ludwig stundenlang in die gleiche Richtung reiten konnte, ohne gestört zu werden.

Außerdem konnte er es sich als Kronprinz erlauben, über die Felder zu galoppieren, er musste nur etwas Rücksicht darauf nehmen, dass man ihn nicht zu oft sah.

Das Münchener Umland bot eine Möglichkeit, dem Trubel der Stadt zu entkommen und durchzuatmen.

Für eine kurze Zeit konnte Ludwig seine Eltern, all die Hofordnungen und die ganzen Menschen vergessen.

Doch natürlich durfte er auch diese Ausflüge nicht ohne Begleitung unternehmen, auch nicht mit 17 Jahren und als sicherer Reiter. Irgendwer musste immer auf den Kronprinzen aufpassen, und das störte die Perfektion der weiten Wiesen und die wunderbare Einsamkeit.

Heute wurde Ludwig von einem Ordonnanzoffizier begleitet, der glücklicherweise nicht ansatzweise so streng war wie sein Erzieher.

Der Mann, der nur zwei Jahre älter war als Ludwig, stand noch nicht lang in seinem Dienst, doch er machte sich gut. Sein Name war Paul, Prinz von Thurn und Taxis, er unterstützte Ludwig bei der alltäglichen Bürokratie und erledigte einige Dinge für ihn.

Dadurch, dass er sich in einem ähnlichen Lebensabschnitt befand wie der Kronprinz, sympathisierte Ludwig durchaus mit seinem neuen Bediensteten.

Es war erfrischend, sich auch einmal mit Menschen zu umgeben, die nicht mindestens so alt waren wie der eigene Vater.

Außerdem genoss Ludwig es, mittlerweile eigene Bedienstete zu haben, denen er Befehle geben konnte. Er hatte seinen eigenen Hofstaat und ein kleines bisschen Macht, obwohl im Großen und

Ganzen natürlich alle Angestellten auf König Maximilian hören mussten.

Doch glücklicherweise hatte Ludwigs Vater meistens Besseres zu tun, als sich um die Bediensteten seines Sohnes zu kümmern.

Zumindest kleinere, alltägliche Entscheidungen konnte Ludwig nun ganz einfach selbst fällen. Einige Dinge, die sein Vater ihm ganz sicher nicht erlaubt hätte, wie beispielsweise auszureiten, obwohl es schon dämmerte, konnte er einfach tun. Er musste nur darauf hoffen, dass niemand König Max von den Ausflügen seines Sohnes erzählte. Doch warum sollte das passieren? Ludwigs Freizeitgestaltung war doch, solang wichtige Dinge wie die Ausbildung und die Schule vorrangig blieben, eine Lappalie, mit der der König nicht belästigt werden sollte.

Und selbst fragen würde Ludwigs Vater ihn erst recht nicht, denn die beiden sprachen nicht viel miteinander.

Eigentlich stellte Maximilian seinem Sohn nie Fragen, wahrscheinlich, um ein längeres Gespräch zu vermeiden. Und Ludwig begann auch keine Unterhaltungen mit seinem Vater, allerdings aus Angst davor, bestraft oder als Enttäuschung bezeichnet zu werden.

Aber so war das nun einmal zwischen König und Thronfolger.

Ludwig versuchte, nicht allzu oft über die Beziehung zu seinem Vater nachzudenken, weil es ihn nur traurig machen würde. Er konnte eh nichts ändern, warum sollte er sich also den Kopf zerbrechen?

Besonders in München begannen die Gedanken an eine liebende, funktionierende, normale Familie manchmal, ihn sehr zu bedrängen. Und dann musste er raus in die Natur, um den Kopf freizubekommen.

Um sich neue Energie zu holen, die diese Stadt zuvor aus ihm herausgesagt hatte wie eine lästige Mücke.

Mücken fühlten sich an warmen Tagen besonders wohl, und so leeren sich Ludwigs Energiespeicher in den Sommermonaten in München rasant schnell.

Zeit zum Lesen und Schreiben fand er so fast nie, denn dafür brauchte er Ruhe im Kopf. Diese Ruhe setzte ein allgemeines Wohlbefinden voraus, doch das war nicht möglich, wenn die Stadt Ludwig all seine Energie raubte.

Und ohne Schreiben und Lesen konnte er nicht glücklich sein. In München konnte er nicht glücklich sein.

Es löste in ihm den Drang danach, einfach auszureißen oder wegzurennen. Es engte ihn ein, dabei brauchte er unglaublich viel Platz, um sich zu entfalten!

Jetzt, auf dem Pferd sitzend, durchgeschwitzt und nach Luft ringend, konnte er dieses Gefühl von Freiheit, das er so vermisste hatte, für einen Moment wieder fühlen. Es würde schnell wieder vorbei sein, spätestens bei der Rückkehr in die Stadt wäre alles wieder genauso wie vorher, doch eine kurze Auszeit, ein kurzes Ausreißen, das war genau das, was Ludwig gebraucht hatte.

Fü einige Sekunden konnte er das alles hinter sich lassen.

Hinter sich gelassen hatte er sicherlich auch den Prinzen von Thurn und Taxis, aber das war wohl dessen Problem.

Er würde Ludwig schon wiederfinden, und selbst, wenn nicht, Ludwig kannte sich doch aus. Er war 17, er brauchte keinen Aufpasser mehr.

In Ludwigs Ohren rauschte der Wind, doch in Gedanken hörte die er die Melodien aus dem Lohengrin und all den Opern, die er in den letzten Jahren hatte sehen dürfen.

Das war die Form von Gedankenkreisen, die er über alles liebte. Das hatte ihm gefehlt.

Der erste Theaterbesuch des Kronprinzen lag nun 2 Jahre zurück, er war nur der Anfang einer lebenslangen Leidenschaft gewesen.

Danach hatte Ludwig innerhalb weniger Wochen all die Werke von Wagner verschlungen, oder eher war er darin versunken, eine ganz neue Welt hatte sich ihm aufgezeigt, die er sich vorher niemals hätte erträumen können.

Wenn die Welt nur so schön wäre, wie eine Oper.

Ludwig wünschte sich mehr Musik in seinem eigenen leben, eine Untermalung seiner schönsten

Momente, um diese noch schöner zu machen, er hätte gern sein Leben auf der Opernbühne gesehen, inszeniert und komponiert von Wagner selbst.

Vielleicht würde es das eines Tages geben, davon träumte er, doch bis dahin musste er versuchen, sich selbst sein Dasein zu versüßen.

Sein Dasein, das aus Warten bestand. Warten auf den Tod seines Vaters. Erklang so morbide, doch es war die Wahrheit.

Langsam drosselte Ludwig das Tempo seines Pferdes. Er wollte die Stute nicht überanstrengen, und auch er selbst brauchte eine Pause.

Als der peitschende Wind weniger wurde und sie in einem angenehmem Trab über die Wiesen ritten, sah Ludwig sich nach seinem Begleiter um, und er erschrak: Eigentlich war er davon ausgegangen, den jungen Mann meilenweit abgehängt zu haben und vielleicht noch als kleinen Punkt am Horizont zu sehen- doch er war fast auf einer Höhe mit dem Kronprinzen.

Paul von Thurn und Taxis war zwar auch hochrot im Gesicht und völlig außer Atme, doch er lächelte Ludwig an.   „Das war anstrengend, eure königliche Hoheit!"

Ludwig nickte nur schweigend, er war verwirrt und fühlte sich ein bisschen gekränkt. Er hatte doch das Gefühl gehabt, noch nie so schnell geritten zu sein! Wie hatte sein Begleiter nur mithalten können?

Ludwig hatte schon als kleiner Junge reiten gelernt, er war davon überzeugt, einer der besten Reiter des Landes zu sein, fast täglich ritt er aus, und da konnte ein einfacher Ordonnanzoffizier Schritt halten?

„Wie konnten Sie…reiten sie oft aus?" fragte Ludwig, er versuchte, sich seine Verwunderung nicht ansehen zu lassen. Mittlerweile ritten beiden Männer im Schritt nebeneinander her.

Thurn und Taxis zuckte bescheiden mit den Schultern. „Gelegentlich. Es macht mir große Freude, auszureiten. Ich denke, ein Galopp ist eines der Dinge, die nah an Freiheit herankommen."

Diese Worte hätten auch von Ludwig selbst kommen können. Wieder nickte er nur.

Gelegentlich.

Langsam ritten sie an einem schmalen Fluss entlang, und Ludwig gab den Befehl zum Absteigen.

Er war hungrig und hatte einen kleinen Baum gesehen, der etwas Schatten spendete. Außerdem hatte er so viele Fragen.

Viel Proviant hatte Ludwig nicht eingepackt, nur etwas Brot und zwei Äpfel, die er eigentlich allein hatte essen wollen.   Doch als sie sich unter den Baum gesetzt hatten, bat er auch seinem Begleiter nach kurzem Zögern einen Apfel an.

Die beiden saßen schweigend da und aßen, Ludwig hatte die Beine zum Schneidersitz verschränkt und sich mit dem Hosenboden direkt auf die staubtrockene Wiese gesetzt.

So, wie seine Bluse aussah, würde auch die Hose keinen Unterscheid mehr machen.

„Erzählen sie mir davon, wie sie das Reiten gelernt haben." Ludwig biss in seinen Apfel und lehnte sich an den Baumstamm. Nein, das klang nicht richtig. Wie ein Befehl. Vielleicht sollte er noch den Namen seines Gegenübers sagen, um es etwas persönlicher klingen zu lassen, aber wie sollte er ihn nennen?

„Thurn und Taxis" hörte sich komisch an, zu lang, sein Vorname wäre zu freundschaftlich.

Eine eigenartige, unangenehme Stille entstand.

„Paul, eure königliche Hoheit. Einfach nur Paul."

Er schein Ludwigs Gedanken gelesen zu haben.

„Paul." fügte Ludwig hinzu, „dann erzähl mir, wie du so Reiten gelernt hast."

Paul nickte und begann, zu erzählen. Doch obwohl Ludwig sich wirklich dafür interessierte, wo man lernen konnte, mit ihm mitzuhalten, behielt er kein Wort von dem, was Paul sagte.

Sein Blick lag auf Pauls Händen.

Warum genau, konnte er sich nicht ansatzweise erklären. Er wusste nicht, was es war, doch irgendetwas hielt ihn an den Händen Pauls fest, verbot ihm, seinen Blick zu lösen.

Paul hatte große Hände, die so aussahen, als hätten sie schon gearbeitet.

104

Ganz anders als die von Ludwig. Ludwig hatte lange, schlanke Finger, seine Haut war an den Händen wie am ganzen Körper sehr blass und ebenmäßig, Paul hatte gebräunte Hände mit rauer Haut und einen Kratzer genau dort, wo der Daumen sich von der Hand abspreizte.

Was ihm da wohl passiert war?

„Wann habt ihr das Reiten gelernt, Kronprinz Ludwig?" fragte Paul und sah Ludwig fragend an.

Der riss seinen Blick endlich los und versuchte, seine Gedanken wieder einzufangen und schnell zu antworten. „Ich…ich habe es schon als kleiner Junge gelernt. Meine Cousine, ich meine, Kaiserin Elisabeth, sie hat mich früher immer auf ihrem Pferd mitreiten lassen."

Ludwig musste lächeln.

„Ich habe mich vor sie gesetzt, sie hat die Zügel in die Hand genommen und dann sind wir ganz langsam und vorsichtig geritten. Ich habe sie immer dabei beobachtet, wie sie schon als junges Mädchen galoppiert ist, und das wollte ich auch einmal können."

Bei dem Gedanken an seine Großcousine wurde Ludwig etwas traurig.

Schon seit Ewigkeiten hatte er sie nicht mehr gesehen. Wie es ihr wohl erging, in Wien, am kaiserlichen Hof?

„Kaiserin Elisabeth. Natürlich." Paul strich sich durch die dunklen Haare. „Habt ihr ein enges Verhältnis zu der Kaiserin von Österreich?"

Ludwig überlegte kurz. Wie beschrieb er sein Verhältnis zu Sisi am besten?

Das Gespräch löste Nostalgie in ihm aus. Wie sehr er die Zeit mit seiner Cousine doch vermisste.

„Ich habe immer zu ihr aufgesehen, und das tue ich auch heute noch. Sie ist wunderbar. So schön, elegant und sicher in Allem, was sie tut. Wir sehen uns jedoch nur selten."

Seit Elisabeth Kaiserin geworden war, war sie nur noch selten in Bayern.

Es war erstaunlich, wie Frauen, sobald sie verheiratet wurden, einfach ein ganz anderes Leben führten.

Ludwig musste dabei an seine Mutter denken, der es genauso ergangen war. Und glücklich war sie weder in ihrem alten, noch in ihrem Neuen Leben gewesen. Das passierte wohl, wenn die Liebe bei einer Heirat fehlte und sie trotzdem geschehen musste, warum auch immer.

Der Mann musste es nur aushalten, der Frau fehlte ihr Leben lang jemand, zu dem sie sich verbunden fühle konnte.   „Das macht mich, ehrlich gesagt, ziemlich traurig." seufzte Ludwig und stützte das Kinn auf die Fäuste.

Er war sehr froh darüber, nicht als Frau geboren worden zu sein.

Wenn das Beste, was einem im Leben passieren konnte, ein Ehemann war, der mehr oder weniger erträglich wäre, dann machte Alles doch keinen Spaß.

Nicht, dass man von seinem Leben als Mann behaupten konnte, es mache Spaß, doch mindestens gab es einen kleinen Hoffnungsschimmer am Horizont.

Die Krone.

„Wann gedenkt ihr, zu heiraten, wenn ich mir die Frage erlauben darf?" fragte Paul und riss Ludwig aus seinen Gedanken.

Das war nicht das erste Mal, dass er diese Frage hörte, und doch erschein sie ihm noch so fremd.

Er war jetzt siebzehn Jahre alt, noch in diesem Jahr würde er großjährig werden.

Ein erwachsener Mann. Da wurde von ihm erwartet, zu heiraten.

Doch eine Hochzeit lag noch so fern von dem, was er sich unter der nahen Zukunft vorstellte.

Von außen betrachtet war sie wohl der nächste Schritt, der im Leben des bayrischen Kronprinzen anstehen sollte.

„Ich weiß es nicht." antwortete er ehrlich.

Zu diesem Zeitpunkt hatte er auch noch keine Ahnung, welche Frau für ihn in Frage kommen würde.

Dabei mochte Ludwig Frauen sehr, viele von ihnen waren schön, anmutig und mit einigen kommt man sich auch unterhalten, doch konnte er sich nicht vorstellen, mit einer seiner Bekannten auf ewig verheiratet zu sein und Kinder zu bekommen.

Und er hatte Angst davor, eine Ehe zu führen wie seine Eltern.

Ob er alt werden könnte, mit dem Wissen, eine Frau aus ihrer Familie herausgerissen und zum Leben an einem fernen Hof verdammt zu haben, nur, weil sie ihm gefallen hatte?

Das war doch unglaublich egoistisch!

Ludwig hatte weitere Nachfragen erwartet, doch Paul schien sich mit der kurzen Antwort zufrieden zu geben. Vielleicht war er auch einfach nur höflich.

Schweigend saßen sie unter dem Baum, während die Dämmerung langsam aufzog.

Von dem Essen war schon lang nichts mehr übrig, und allmählich wurde es kühler, jedoch nicht so, dass man fror, sondern lediglich angenehmer.

Wie spät es wohl war?

Bis die Sonne ganz untergegangen sein würde, würde es sicher noch etwas dauern.

Sie konnten noch etwas hierbleiben und würden trotzdem im Hellen am Schloss Nymphenburg ankommen.

Sie konnten ja auch galoppieren.

Die Stille, die jetzt herrschte, war nicht mehr unangenehm, sondern genau richtig.

Es gab einfach nichts zu sagen, beide Männer waren in ihren eigenen Gedanken versunken. Ludwig zupfte einen trockenen Grashalm aus dem Boden und spielte damit herum, er reichte von Hand zu Hand, zwirbelte ihn um die einzelnen Finger und versuchte, mehrere Halme zu einem Zopf zu flechten.

Flechten konnte er nicht, das hatte ihm nie jemand beigebracht, deshalb waren die Halme am Ende eher verknotet als geflochten.

Helene hatte oft einen geflochtenen Zopf getragen, doch Ludwig hatte sie nie gefragt, wie man so einen Zopf machte, er hatte sich nicht getraut.

Mittlerweile hatte er schon sehr lange keinen Kontakt mehr zu Helene. Flechten würde er wohl nie lernen.

Auch Ludwigs Haare lagen schon lang nicht mehr so, wie er sie am Morgen hatte frisieren lassen, eine Strähne hing tief in seiner Stirn und im Nacken schwitze er noch, mit der dreckigen Bluse wäre der Kronprinz in diesem Moment wohl kaum von einem normalen Bürgerlichen zu unterscheiden gewesen.

Ludwig blickte in die Ferne und schloss dann die Augen, atmete die frische Luft tief ein und lächelte sanft.

Beim Anblick des wunderschönen Himmels, der sich leicht orange färbte, schossen ihm tausende Gedanken in den Kopf. Friedliche, schöne und beruhigende Gedanken. Träume und Fantasien.

Der Horizont könnte auch ein Bühnenbild sein." Ludwig sprach das, was ihm soeben in den

Kopf geschossen war, aus, er sagte es mehr zu sich selbst als zu Paul und erwartete keine Reaktion.

Ludwigs Träumereien wurden vom Personal oft einfach abgetan und ignoriert. Was sollten sie auch sagen? Wenn sie ihn bestärkten, dann widersetzen sie sich den Werten, nach denen Ludwig erzogen werden sollte.

Stark, männlich und rational sollte er sein. Träume hatten da keinen Platz.

Andererseits befanden sich die Bediensteten aber auch nicht in einer Position, in der sie Ludwig für seine bloßen Empfindungen kritisieren durften. Das durfte wohl nur sein Vater, und das reichte auch.

Doch Paul antwortete. „Das ist wahr. Der Horizont wäre ein wunderschönes Bühnenbild. Nur wäre es eine wahrlich aufwendige Kulisse, all diese verschiedenen Farben, die ineinander übergehen und die wenigen harten Linien erfordern ausgesprochenes Geschick! Man bräuchte wohl die besten Künstler, um die Illusion der Tiefe zu schaffen."

Überrascht davon, überhaupt eine Antwort bekommen zu haben, nickt Ludwig. Konnte das wirklich sein? Konnte es sein, dass er in Paul jemanden gefunden hatte, mit dem er sich über seine Träume unterhalten konnte?

Ihm kam eine Idee. „Vielleicht wäre gar keine aufwendig gestaltete Kulisse nötig. Vielleicht könnte man das alles ohne auch nur einen Bühnenbildner erschaffen, ohne Requisiten, ohne Leinwand, ohne Farbe."

Paul sah ihn verwirrt an, Ludwig fuhr fort.

„Man könnte direkt hier, in der Natur, etwas aufführen. dann wäre es nicht nötig, ihre Schönheit nachzubilden und in das Theater zu holen. das Theater käme einfach in die Natur! Wäre die Realität nicht das schönste Bühnenbild überhaupt?" Ludwig drehte sich um, um in die Richtung zu blicken, aus der sie gekommen waren. Dort war ganz viel freie Fläche, trockenes Gras, das sich sicher perfekt für den Bau einer kleinen Tribüne eignen würde.

Er sah es schon vor sich: Von der Tribüne wäre ein direkter Blick auf den Horizont möglich, die wunderschöne Kulisse würde das, was gespielt würde, so wunderbar unterstützen. Auf dem Feld könnten beispielsweise Duelle, Reitszenen oder auch Jagden nahezu realitätsgetreu dargestellt werden.

Vor einem Sonnenuntergang wäre die Kulisse auch durchaus romantisch. Der einsame Baum, unter dem ein kleiner Fluss entlang lief, wäre ein perfekter Ort vor zwei Liebende. So abgelegen, einsam und still, wie dieser Ort war, hätten sich hier auch Romeo und Julia still und heimlich verabreden können.

Saß man, wie Ludwig und Paul, unter dem Baum, war es möglich, mit einer Hand in das seichte Wasser zu fassen, wenn man sich nur ein kleines bisschen nach vorn lehnte.

Der alte und fest stehende Baumstamm bot eine perfekte Möglichkeit zum Anlehnen, der wunderschöne Sonnenuntergang rundete die Atmosphäre ab.

Ludwig seufzte.

Romeo und Julia.

„Eine riesige Tribüne könnte das Ambiente gefährden. Mit Verlaub, ich zweifle an der Umsetzbarkeit dieses Plans." Paul hatte wohl ähnliche Bilder vor seinem inneren Auge gehabt, wie Ludwig. Es gefiel ihm, dass sein Begleiter mitdachte.

„Es wäre natürlich keine Massenveranstaltung, sondern ganz exklusiv. Nur für die Menschen, die von mir geladen wurden..." Es bräuchte ja auch keine riesige Tribüne, die dauerhaft auf dem Feld stünde.

Nur ein paar Sitzgelegenheiten.

Gepolstert. Schließlich war Ludwig noch immer Kronprinz.

Und es sollte eine einmalige Vorführung sein, eine ganz besondere. Eine Inszenierung, nur für Ludwig und die, die ihm wichtig waren.

„Am besten von Wagner selbst komponiert. Nur für mich." Ludwig schloss die Augen ein weiteres Mal und träumte für einige Sekunden, die zu Minuten wurden, vor sich hin, sprach seine Gedanken dabei aber laut aus.

„Alle Geladenen würden mit dem Pferd anreisen, ohne Hofpersonal oder ähnliches, nur ganz wenige Menschen. Die Veranstaltung findet an einem lauen Abend im frühen Herbst statt. Am besten Ende August oder Anfang September. Wenn es noch warm ist, aber nicht mehr so drückend. Das Wetter soll aber gut sein. Keine Wolke soll den Sonnenuntergang verdecken, denn das wäre wie ein Kaffeefleck auf einem Gemälde." Ludwig erinnerte sich an ein Bild, welches er vor einigen Monaten gemalt hatte. Es zeigte ein Bergpanorama hinter einem großen See. Das Einzeichnen der Details hatte ihn einige Stunden gekostet.

Als er gerade fertig geworden war, hatte er die Leinwand von der Staffelei abgenommen und das Bild flach auf seinen Schreibtisch gelegt, sodass die Farbe komplett trocknen konnte, während er sich umzog.

Ludwig trank zwar keinen Kaffee, doch er war ein großer Liebhaber von Tee. Die Teetasse, die noch auf seinem Schreibtisch stand, hatte er außer Acht gelassen.

Irgendwie hatte es der Tee geschafft, auf die frisch bemalte Leinwand zu gelangen.

Neben einem dunklen Fleck hatte er verwaschene Farben hinterlassen, und das auf der detailreichsten Bildstelle.

Das sollte mit dem Bühnenbild von Ludwigs Inszenierung hier nicht passieren.

„Dann wird Champagner ausgeschenkt und der große Richard Wagner stellt sein neuestes Werk vor, das vorher noch niemand kannte. Es gibt ein kleines Orchester, bestehend aus den besten Musikern aus ganz Bayern. Ich möchte die talentiertesten Schauspieler aus dem ganzen Land. Perfektion!"

Während er seine Beschreibungen ausführte, gestikulierte Ludwig wild.

„Und nach dem Stück unterhalte ich mich mit ihm, dem Meister selbst, und wir sprechen über die Musik, die Kunst und seine Zukunftspläne. Ich lade nur ein, wen ich wirklich gern habe. Sisi kommt, mit ihrem Mann, und einige meiner Freunde aus der Kindheit, aber ohne ihre Eltern. Und der Gärtner darf kommen, und Sybille."

Ludwig sah Paul kurz an, um zu prüfen, ob der ihm auch wirklich zuhörte. Das tat er, das Kinn in die Hände gestützt saß Paul da, er hatte all seine Aufmerksamkeit nur ihm zugewandt und folgte Ludwigs Erzählung konzentriert. Warum machte das Ludwig nur so nervös und glücklich gleichzeitig?

„Du kannst auch kommen, wenn du möchtest." fügte er hinzu, seine Wangen wurden etwas warm, als Paul nickte. „Sehr gern, königliche Hoheit. Ich würde mich geehrt fühlen."

„Kennst du Richard Wagner?" fragte Ludwig. Er erwartete ein stummes Kopfschütteln.

„Oh ja. Ich liebe seine Opern. Ich habe bisher nur wenige davon gesehen, doch es gefiel mir immer wirklich sehr."   Ludwig konnte gar nicht anders, ein breites Lachen zog sich über sein Gesicht.

„Das ist ja perfekt!" jubelte er.

Paul lächelte vorsichtig.

Er hatte Grübchen in den Wangen, wenn sich seine Mundwinkel auch nur minimal hoben, dann warf seine Stirn leichte Falten und seine Augen glänzten.

Paul war jemand, der mit dem ganzen Gesicht lächelte. Das sah unglaublich schön aus, so ehrlich und gut.

Plötzlich setzte sich ein Vogel nur einige Meter von den beiden entfernt in das Gras. Es war ein kleiner Vogel, ein Rotkehlchen, es blickte hektisch um sich herum.

Vermutlich war ein Nest im Baum sein Ziel. Es war ängstlich und beobachtete die beiden Männer, die so nah an seinem Zuhause saßen.

„Ich glaube, wir stören hier." flüsterte Ludwig Paul zu ein grinste.

„Meint ihr, wir sollten uns auf den Heimweg machen, um die Familie dieses Vogels nicht zu stören?" fragte Paul und Ludwig erhob sich, anstatt eine Antwort zu geben.   Erschrocken sprang der Vogel zurück, doch er folg nicht weg. So langsam und vorsichtig wie möglich banden Paul und Ludwig ihre Pferde los und stiegen wieder in die Sättel.

Sie ritten im Schritttempo los, um den Vogel nicht zu erschrecken. Es war wie früher, als Ludwig und Helene sich vor dem Grafen versteckt hatten.

Als sie einige Meter entfernt waren, sah Ludwig sich nach dem kleinen Vogel um.

Er konnte ihn nicht sehen. Hoffentlich hatte er sich getraut, in den Baum hinein und zu seinem Nest zu fliegen.

Nun spornte sein Pferd an, schneller zu werden. Zwar hätte er gern noch weiter mit Paul gesprochen, doch er wollte auch allein sein, denn er musste nachdenken.

Über das, was unter dem Baum mit ihm passiert war. Über das, was er gespürt hatte und über seine Pläne, Wagners Musik auf die Felder vor München zu holen.

Und außerdem bekam er auch schon wieder Hunger, denn es war sicher schon Zeit zum Abendessen und ein Apfel hielt nicht lang satt.

Er musste keine Rücksicht darauf nehmen, langsam zu reiten, damit er Paul nicht verlor, denn der konnte einfach mit ihm mithalten.

Ludwig konnte sich gut vorstellen, noch weitere Male mit Paul gemeinsam auszureiten.

Er war irgendwie so anders als all die Bediensteten, die er sonst um sich herum hatte.

Paul war jemand, mit dem man sprechen konnte, dem man etwas anvertrauen konnte.

Jemand, der Ludwigs Begeisterung für die Künste nicht als Schwärmerei abtat, sondern sie nachvollziehen konnte.

Fast so etwas wie ein Freund.

9.KAPITEL

" *15. AUGUST 1863, MÜNCHEN* "

Ludwig hatte kein Gefühl mehr für Zeit.

Ohne seine Taschenuhr hätte er nicht gewusst, ob er seit fünf Minuten oder seit fünf Stunden in seinem Zimmer auf- und ablief.

Doch durch seine Uhr wusste er, dass es sich um exakt 27 Minuten handelte, die er damit verbracht hatte, in die Leere zu starren.

Die Ihr zeigte ihm außerdem, dass er sich in genau 3 Minuten im Schlosshof einzufinden hatte.

Sein Kopf sagte ihm laut und deutlich, dass das nicht möglich sein würde.

2 Minuten. dann wäre es 17 Uhr am 15. August 1863.

Ein Tag, auf den Ludwig sich doch eigentlich gefreut hatte. Ein Tag, der ein großer Schritt in Richtung Unabhängigkeit und eigenständiges Leben sein sollte.

Ludwig war siebzehn Jahre alt. und heute sollte der erste Tag sein, an dem er behandelt werden würde, wie ein Mann.

Nicht wie ein kleines Kind. nicht wie das Anhängsel seines Vaters.

Heute durfte er seinen Vater vertreten, denn König Max war nicht in München.

Ludwig vermutete eine Absicht dahinter, denn er wusste, dass sein Vater die heutigen Gäste nicht sonderlich gern mochte.

Dennoch fühlte er sich geehrt, denn es ging ihm hier um die Formalien. Er war der Ansprechpartner.

Der Vertreter seines Landes.

Der, der am nächsten am König stand, weil er es bald selbst sein würde!

Obwohl es sich offiziell um ein privates Treffen handelte, würden sie auch politische Themen besprechen, das war Ludwig bewusst, und darauf hatte er sich ach vorbereitet.

Stundenlang hatte er vor dem Spiegel gestanden und sich aus allen Blickwinkeln selbst beim Sprechen beobachtet, seine Mimik perfektioniert und sich einige Redewendungen antrainiert, die ihn intelligent klingen ließen.

Heute würde dieses Training sich auszahlen.

Ludwigs Hände waren schweißnass. Er raffte sich die Haare und wischte sie an seiner Hose ab.

Auf ein dumpfes Klopfen an seiner Zimmertür folgte ein drängender Ruf seiner Mutter: „Mein Gott,

Ludwig, Junge. Nun lass doch nicht immer alle so lang auf dich warten…"

Es war nicht das erste Mal, dass Marie an seine Tür klopfte.

„Ich beeile mich ja schon, Mutter!" rief Ludwig gehetzt.

Er konnte da nicht raus.

Es ging nicht.

Egal, wie sehr er sich anstrengte. Egal, wie sehr es ihn ärgerte. Es ging nicht.

Er würde zu spät kommen.

Er hasste es, zu spät zu kommen, denn damit fiel er schon negativ auf.

Eigentlich war er wirklich gut darin, über seinen eigenen Schatten zu springen und sich zu Dingen aufzuraffen.

Aber heute ging es nicht. Ludwigs eigene Zimmertür war ein Hindernis, das er nicht überwinden konnte.

Das hier hatte nichts mit Willenskraft zu tun.

Trotzdem machte es Ludwig sauer.

„Geh bitte vor."

Ludwig zuckte zusammen, als er seine eigene Stimme hörte. Er klang wie ein elfjähriges Mädchen.

Wie ein weinendes elfjähriges Mädchen.

Es war 17:03.

Er war bereits zu spät.

Mindestens seine Mutter sollte nicht auffallend unpünktlich sein, er musste jetzt Schadensbegrenzung betrieben. Vielleicht konnte er sich entschuldigen lassen, doch welchen Grund sollte er nur nennen?

Plötzliches Fieber?

Das wäre gar nicht so weit von der Wahrheit entfernt, wenn man die Schweißtropfen auf seiner Stirn betrachtete. Sicher hatte er mindestens erhöhte Temperatur.

Doch Marie fragte ihren Sohn nicht nach einem Grund. Ludwig hatte ein halbherzig besorgtes „Ist alles in Ordnung?" erwartet, doch stattdessen hörte er nichts, nur Schritte, die sich langsam von seiner Zimmertür entfernten.

Allein.

War das nun gut oder schlecht?

Was war nur los mit ihm?

Er hatte sich so lang vorbereitet, und jetzt konnte er den beiden Männern einfach nicht gegenübertreten, er sperrte sich in seinem Zimmer ein wie ein Feigling.

Vielleicht sollte er sich noch einmal umziehen, und dann würde die Welt schon andres aussehen.

Ludwig ließ sich auf die Kante seines Betts sinken und schloss für einige Sekunden die Augen.

Einatmen.

Ausatmen.

Schon das war überfordernd, denn sein Atem zitterte unkontrolliert, genau wie seine Knie.

Was war das?

Das Gefühl hatte ihn einfach plötzlich überrannt.

Er kannte es nicht.

Es war irgendetwas, das mit Angst verwandt war.

Aber Angst war nichts gegen das, was er gerade fühlte.

Das war der große Bruder von Angst.

Ein vergleichbares Gefühl, nur tausendmal stärker.

Panik? Das passte schon eher.

Allein schon der Gedanke daran, diese beiden Menschen zu treffen, lies Ludwigs ganzen Körper noch stärker zittern, als er es eh schon tat.

Otto von Bismarck und Kaiser Wilhelm von Preußen.

Die Gäste, vor denen sein Vater wortwörtlich geflohen war.

Ludwig wünschte, er wäre mitgekommen.

Dabei kannte er den genauen Grund für seine Angst gar nicht, und das machte ihm noch mehr Angst, es war wie ein Kreislauf, aus dem es keinen Ausweg gab.

Es waren ganz sicher nicht waren es nicht die beiden Männer selbst, die Ludwig diese Angst machten. Sie waren allerhöchstens ebenbürtig, wenn überhaupt.

Bismarck war ein Politiker, wie es so viele andrer auf der Welt gab, absolut nichts Besonderes.

Kaiser Wilhelm war ein Monarch, der für die Regierung die Hilfe eines solchen Politikers brauchte!

Außerdem hielt Ludwig nicht viel von Preußen.

In dieser Hinsicht war er seinem Vater wohl doch ziemlich ähnlich, obwohl dieser mit Marie eine preußische Prinzessin geheiratet hatte, sympathisierte er nicht mit dem Land.

Ludwig war zwar noch nie selbst in Preußen gewesen, aber schöner als Bayern konnte es wohl kaum sein.

Und ein Kaiser, der die Hilfe eines weiteren Mannes benötigte, um ein Land zu führen, jagte Ludwig nicht wirklich Respekt ein.

Durch die Abstammung seiner Mutter war Ludwig zwar eigentlich halb Preuße- doch er sah darüber hinweg.

Wahrscheinlich hatte er nicht viele Eigenschaften von seiner Mutter geerbt, sie hatten wirklich nicht viel gemeinsam. Das preußische Blut, das in seinen Adern floss, konnte also nicht viel ausmachen.

Er war der bayrische Kronprinz, mit Preußen wollte er so wenig wie möglich zu tun haben. Preußen ging ihn nichts an, und für gewöhnlich interessierte es ihn auch nicht.

Doch gute diplomatische Beziehungen zu einem Land mit seinem guten Militär, wie Preußen es hatte, brachten auch große Vorteile mit sich.

Besonders ein Land wie Bayern, direkt an Österreich angrenzend und nah an Frankreich, war auf Verbündete angewiesen.

Marie machte also nicht ganz ohne Grund so einen Aufstand.

Gute Verständigung und gegenseitiger Respekt waren das Ziel des heutigen Treffens gewesen.

Ludwig war klar, dass er dieses schon jetzt um Meilen verfehlt hatte.

Noch immer zitternd streifte er sich die Hose von den Beinen. Zum Glück hatte er seine Uniform noch nicht angezogen. Das Hemd klebte an der schweißnassen Haut.

Er atmete noch einige Male tief ein und aus.

Langsam aber sicher wurden die Atemzüge kontrollierbar und regelmäßiger.

Es wurde besser.

Ludwig griff nach einem Taschentuch und tupfte einige Male über sein Gesicht.

Seine Haare versuchte er mit den Händen zu richten, doch es war hoffnungslos, einzelne Strähnen klebten auf seiner Stirn und andere begannen, sich zu locken. Wieder andere standen wild von seinem Kopf ab.

Er erschrak, als er etwas näher an den Spiegel in seinem Zimmer herantrat. Was war nur mit ihm geschehen?

Er sah aus, als hätte er einen Geist gesehen.

Die Uniform lag ordentlich gefaltete auf Ludwigs Bettkante. Er war sich nicht ganz sicher, ob es klug wäre, sie jetzt anzuziehen. Vielleicht würde es wiederkommen.

Andererseits war er schon zu spät, und im Moment fühlte er sich zwar alles andrer als gut, doch halbwegs in der Lage, sein Vorhaben durchzuziehen.

Er konnte ja nicht kneifen.

Entschlossen zog er sich an widmete sich dann noch einmal seinen Haaren.

Sein Herz schlug wieder normal schnell, die Angst war so schnell wieder verflogen, wie sie gekommen war, und die drückende Übelkeit, die er gerade eben noch gespürt hatte, wich einem aufkommenden Magenknurren.

Es war vorbei, da war er sich jetzt ziemlich sicher.

Aber wie sollte es nun weitergehen? Bismarck und Kaiser Wilhelm würden für mehrere Tage am Hof bleiben, vielleicht konnte Ludwig noch einiges retten.

Der erste Eindruck war zwar der Wichtigste und Zuspätkommen alles andere als höflich, doch er war entschlossen, alles daran zu setzen, den Respekt der beiden Männer trotzdem noch zu gewinnen.

Wo kam dieses Selbstvertrauen so plötzlich her?

Ludwig wäre einen blick auf seine Taschenuhr. Etwa eine Stunde war vergangen, an die er sich nicht mehr erinnern konnte.

Seine Mutter hatte den Kaiser und seinem Minister sicherlich schon begrüßt, Ludwig fragte sich, wie sie sein Fehlen wohl erklärt hatte.

Vieles traute er seiner Mutter zwar nicht zu, doch ihren Charme spielen lassen, das konnte sie. Noch war sicher nicht alles verloren.

Ludwig beschloss, dem Besuch beim gemeinsamen Abendessen erstmals gegenüberzutreten, dann würde er noch genug Zeit haben, um sich fertig zu machen. Insgeheim hoffte er, seine Verspätung so zu vertuschen und sagen zu können, er hätte noch etwas zu tun gehabt.

Königliche Pflichten.

Das wirkte dann vielleicht sogar erwachsen.

Zehn Minuten, bevor das Abendessen beginnen sollte, begab sich Ludwig auf den Weg in den Speisesaal.

Er war selten so ruhig und gefasst gewesen, von Aufregung war keine Spur.

Er hatte noch lange darüber nachgedacht, was am Nachmittag passiert war. Es machte ihm Angst, doch er versuchte, so zu tun, als sei es nie geschehen.

Grübeln würde ihn nur nervös machen, und er konnte die Vergangenheit eh nicht mehr ändern. Was in seinen Händen lag, war das Hier und Jetzt allein.

die lange Tafel war bereits gedeckt, es waren weitaus mehr als vier Plätze, sicher waren die Preußen mitsamt ihrem halben Hofstaat angereist.

Ludwig verdrehte die Augen. Arrogant.

Was es wohl zu Essen geben würde?

Er hatte Lust auf Kartoffeln und Braten. Einfach und deftig, erste Hilfe gegen den Hunger, den er schon seit heute Nachmittag empfand.

Der Hunger war nicht das Einzige, was Ludwig plagte. Sein ganzer Körper fühlte sich schwach und ausgelaugt an, als hätte er tagelang nicht gegessen und sei nur gerannt.

Er fühlte sich wie nach einer anstrengenden Wanderung, ohne an diesem Tag das Schloss verlassen zu haben.

Ein drückender Kopfschmerz gesellte sich dazu, er kam und ging in Wellen, hörte allerdings nie ganz auf.

Die besten Voraussetzungen also.

In fünf Minuten würden sie kommen. Schnell und leise verließ Ludwig den Speiseaal wieder und machte es sich hinter der nächstbesten Ecke bequem, sodass er den perfekten Zeitpunkt abwarten konnte, um auf die Gäste treffen.

Um 17:58 Uhr eilte Königin Marie gemeinsam mit einer Begleiterin an Ludwig vorbei, sie sah ihren Sohn gar nicht. Sie trug ein schönes Kleid und ihre Haare waren halboffen, das kannte Ludwig nicht von seiner Mutter.

Das sonst so dominante grau in ihrem Gesicht und in ihrem Auge war einem aufgeregten Lächeln gewichen.

Anscheinend konnte sie tatsächlich so etwas wie Freude empfinden. Ob das an dem Besuch lag oder daran, dass Ludwigs Vater für ein paar Tage weg war, wusste er nicht.

Wahrscheinlich lag die Wahrheit in der goldenen Mitte.

Ob sie wohl etwas wie Heimweh empfunden hatte, lasse nach Bayern gezogen war?

Waren die preußischen Politiker ein kleines Stück Heimat für Marie?

Zum ersten Mal in seinem Leben empfand Ludwig Mitleid für seine Mutter, das sich schnell in Wut auf seinen Vater verwandelte, dann jedoch in Weltschmerz mündete.

Natürlich, seine Mutter war nicht schuld. Doch konnte man seinem Vater vorwerfen, dass er sich verliebt hatte?

In Wagners Werken hatte Ludwig gelesen, dass Liebe etwas war, das selbst den stärksten Mann einfach überwältigen konnte.

Und sein Vater war nicht besonders stark, also musste es ihn wortwörtlich umgehauen haben.

Wenn Marie früher immer so gestrahlt hatte, wie sie es heute tat, dann war sie wirklich schön gewesen.

Schön wie eine Seifenblase- sie geht beim Anfassen kaputt.

Pünktlich um 18 Uhr kamen Bismarck und Kaiser Wilhelm um die Ecke, gefolgt von zwei weiteren Männern und drei Wachen.

Ludwig schluckte. Dachten sie, hier in Bayern würde ein Attentat auf sie verübt werden?

Er richtete sich auf und lief kerzengerade in den Speisesaal, sodass er ihn kur vor den Männern betreten hatte.

Er nickte seiner Mutter, die ihn nur verwirrt ansah, kurz zu und wandte sich dann an Kaiser Wilhelm.

„Herzlich Willkommen in München." Ludwig reichte Wilhelm die Hand.

Dieser schüttelte sie, doch sah Ludwig etwas verwirrt an. Marie tat es ihm gleich.

Schnell reichte Ludwig auch Bismarck die Hand. Begrüßte man in Preußen den Minister vor dem Kaiser?

Ludwig hatte Bismarck nur als Anhang betrachtet, doch anscheinend war er dem Kaiser fast ebenbürtig.

Merkwürdig.

Als sie sich setzten, nahm Bismarck den Stuhl direkt neben Ludwig in Anspruch.

Ludwig starrte auf seinen Teller. Seine Wangen waren heiß, er glühte. Das war Alles so unangenehm!

Doch Bismarck lächelte den Kronprinzen von der Seite an. Er war ihm wohl nicht böse, doch es war ein wohlwollendes lächeln, so, wie man einem kleinen Kind zulächelte, dass es nicht besser hätte wissen können.

Wut wäre Ludwig sogar lieber gewesen als das!

Er hatte bisher genau zwei Sätze gesprochen und sah sich nicht wirklich in der Lage dazu, mehr zu sagen.

Glücklicherweise übernahm seine Mutter das für ihn. Sie plapperte ohne Pause, warf mit Komplimenten um sich und grinste über das ganze Gesicht.

Es war nervtötend.

Vielleicht tat sie ihm doch nicht leid.

Ludwig musste jetzt etwas sagen, um die Schwärmerei seiner Mutter zu unterbrechen. Am Ende würden die Preußen noch denken, dass sie sich ihnen um den Hals werfen wolle. Wie unangenehm!

Ludwig leerte das Glas Champagner, das neben seinem Teller stand, in einem Zug und bedeutete dem Bediensteten sofort, ihm nachzuschenken.

Marie war so konzentriert auf ihre Erzählungen, sie würde das gar nicht mitbekommen.

„Wie gefällt es ihnen in München?" fragte Ludwig Bismarck. Er fing erst einmal klein an.

Der Ministerpräsident sah ihn erst etwas überrascht an.

Er hatte wohl nicht damit gerechnet, dass Ludwig sprechen konnte.

Arrogant.

„Gut, sehr gut."

Bismarck hatte sein mitleidiges Lächeln abgelegt und schien nachdenklich. Ludwig versuchte, seine Freude zu verbergen.

„Wurde ihnen das Schloss bereits gezeigt? Es ist wirklich sehr schön." Ludwig log. Nymphenburg war nichts gegen die Schlösser, die er sich erträumte.

„Ja, es ist wirklich sehr schön, eure königliche Hoheit." antwortete Bismarck. „Ich habe zum Besuch der beiden Herren natürlich einen Rundgang mit ihnen unternommen. Sie müssen ja wissen, wo sie nächtigen!" Maries Augen funkelten.

Für andere mochte das schön anzusehen sein, doch Ludwig wusste genau, dass er mit einem falschen Wort jetzt sein Leben aufs Spiel setzen würde.

Seine Mutter saß noch immer an längeren Hebel, also schluckte Ludwig seine Worte herunter und richtete die Augen wieder auf seinen Teller.

Der Tellerrand war mit einer zierlichen goldenen Linie verziert. Die Farbe glänzte im Licht des Kronleuchters, der den Raum erhellte.

„Preußen ist auch wirklich wunderschön. Und ihre Residenzen!" Ludwig musste sich ein Grinsen verkneifen. Bemerkte seine Mutter denn nicht, dass sie viel zu dick auftrug? Das mussten die Männer doch nun auch langsam durchschauen...

Ludwig sah wieder auf.

Sein Magen knurrte.

Ludwigs Wangen wurden heiß und er lief rot an. Das hatten nun sicher alle gehört.

Sie blamierten sich auf ganzer Linie!

Ein König, der nicht anwesend war, eine Königin, die viel zu viele übertriebene Komplimente um sich warf und ein hungriger Kronprinz, der zu spät zu seinen Terminen kam.

Das war das Bild, was sie den Preußen von der bayerischen Königsfamilie vermittelt hatten.

Ludwig seufzte stumm.

Er würde sich für den weiteren Verlauf des Gesprächs im Hintergrund halten. Er hatte hier nichts zu sagen, und er konnte nichts mehr retten.

Der Posten, auf dem er stand, war eh verloren- da konnte er ihn genauso gut verlassen und sich auf das Essen konzentrieren.

Schweigend aß er und nickte nur hin und wieder willkürlich, ohne zu wissen, ob es an den richtigen Stellen war. Wie in einer Trance lies Ludwig den Abend an sich vorbeiziehen, auf den er schon seit Wochen hingeriebene hatte und trank Champagner.

Er hätte sich schon vorher denken können, dass sein Vater ihm nicht die Verantwortung für ein Ereignis mit politischer Bedeutung übergeben würde.

Natürlich war das hier nur eine Schauveranstaltung.

Ein Theater.

Und Ludwig war der ambitionierte junge Freigeist, der für eine Inszenierung am großen Hoftheater sein ganzes Leben hinter sich gelassen hatte, überzeugt davon, nun endlich groß rauszukommen.

Bei seiner Ankunft am Theater hatte man ihm Lumpen in die Hand gedrückt und ihn auf eine Statistenrolle verwiesen.

Statist. Ohne Text.

Ludwig wusste nicht, wie lange sie an diesem Abend am Tisch gesessen hatten.

Es hatte vier Gänge gegeben und Nachtisch, und viel Champagner, zu viel Champagner für den Jungen, der noch nie wirklich Alkohol getrunken hatte.

Er fühlte sich müde und wollte einfach nur schlafen.

Ihm war eigentlich alles egal, der Abend sollte nur zünde gehen.

Die beiden Fremden sollten aus seinem Land verschwinden. Sie hatten hier nichts verloren, und am allerwenigsten im Schloss.

Jetzt machten sie sich im Speisesaal breit, aßen das Essen der besten bayrischen Köche und ließen sich von der bayrischen Königin umgarnen wie von einer Magd!

Ludwig versuchte, sich seine Wut während der Verabschiedung nicht anmerken zu lassen.

Sie hielt sich kurz, denn leider würden Bismarck und sein Kaiser ja noch bleiben.

Sie würden das Schloss besetzen.

Das Schloss, was Ludwig zustand.

Als die Männer endlich aufgegessen hatten und gegangen waren, würdigte Ludwig seine Mutter keinen Blickes und stürmte aus dem Speisesaal.

Erst, als seine Zimmertür hinter ihm zugefallen war, konnte sich sein Körper wieder etwas entspannen. Er atmete tief ein und aus.

Das Schlimmste war geschafft, es war vorbei.

Ludwig war so enttäuscht von dieser Welt. Was passierte nur?

Bismarck hatte viel über das preußische Militär gesprochen.

Darüber, dass es eines der stärksten weltweit sei. Über die Ausbildung junger Soldaten in Preußen und die perfekt laufende Aufrüstung.

Er hatte darüber gesprochen, als wäre es etwas, worauf man stolz sein müsse.

Aufrüstung.

Soldaten.

Militär, Krieg, Tod.

Und was bekam man dafür?

Land. Macht.

Eingetauscht gegen das Leben von Menschen. Von unschuldigen Menschen.

Wenn es nicht so gefährlich wäre, hätte Ludwig über diese Willkür nur lachen können. Wer hatte sich das ausgedacht?

Niemand anders als all die Herrscher, die jahrelang immer wieder ihr halbes Volk in den Tod geschickt hatten, um selbst einen Vorteil daraus zu gewinnen.

Warum waren solch egoistische und dumme Menschen überhaupt so mächtig?

Weil es sich so gehörte. Es funktionierte schon seit Jahrhundert so.

Der Mensch ist ein Gewohnheitstier, und er machte nicht einmal der Bedrohung des eigenen Lebens halt, wenn er seinen Mustern folgte, denn dann musste er mindestens nicht nachdenken.

Ludwig griff nach seinem Tagebuch und hockte sich auf sein Bett.

Mit zitternder Hand notierte er einen einzigen Satz in das abgenutzte Buch.

„Wie ekel, schal und flach und unersprießlich scheint mir das ganze Treiben dieser Welt!"- „Hamlet", Akt 1, Szene 2.

Die Worte von William Shakespeare brachten Ludwigs Gedankenchaos auf den Punkt.

Ein bisschen fühlte er sich auch wie Hamlet- er war enttäuscht von den Menschen, hoffnungslos und voller Schmerz, ohne zu wissen, was er tun sollte.

Gelähmt von seinen eigenen Gedanken.

Ein junger Prinz, gefangen in sich selbst und in einer hässlichen Welt, die doch Nichts mehr brauchte als ein bisschen Schönheit, Kunst und Liebe, und doch nur immer mehr Krieg, Gewalt und schlechte Menschen bekam.

Es war, als würde man einem Kranken zusätzlich Gift verordnen.

Mord mit Vorsatz.

10.KAPITEL

SÜNDE

"27. SEPTEMBER 1862, BERCHTESGADEN"

Die Nacht.

Dunkelblau, fast schwarz, herrschte sie über das ganze Land.

Es war Neumond, nur durchdrungen von einigen hell leuchtenden Sternen legte sich der endlose Teppich des Himmels über Alles, was das Auge erblicken konnte, und sicher noch viel weiter.

Die Nacht war ganz klar, keine einzige Wolke konnte man am Himmel erkennen und die Kälte stach schon beim bloßen Hinsehen auf der Haut, wie tausend kleine Nadeln.

Ein leichter Windhauch zog über die Baumwipfel.

Es roch nach Regen und nach Kälte, nach Natur und nach Holz.

Nach Herbst.

Zu einer anderen Jahreszeit hätte man sicher auch noch den Geruch von Blumen oder anderen Pflanzen wahrnehmen können, und das Zwitschern von Vögeln.

Aber nun war alles so ruhig.

Ruhe.

Endlich.

Ludwig atmete die kühle Luft so tief ein, wie er konnte. Er wollte nur noch diese Luft atmen, sein ganzes Leben lang.

Sie kribbelte angenehm in seinem Hals, war randvoll gefüllt mit der Schönheit der Umgebung, aus der sie stammte.

Eine Umgebung, die den Eindruck erweckte, frei von Hektik, Zwänge und Leid zu sein.

Ludwig wusste, dass das eine Illusion war.

Doch er wollte sie kurz aufrechterhalten.

Manchmal musste man sich selbst belügen, wenn man glücklich sein wollte.

Das Einzige, was durch die kalte Stille in Ludwigs Ohren drang, waren die Klaviertöne.

Sie erfüllten das ganze Zimmer, von dessen offenen Fenster aus Ludwig schon seit einiger Zeit die Geschehnisse in der Natur betrachtete und seinen Gedanken freien Lauf ließ.

Die königliche Villa in Berchtesgaden war zwar bei Langem nicht so schön, wie sein geliebtes Hohenschwangau, doch hier ließ es sich durchaus leben.

Das Alleinsein war es, was ihm gut tat, unabhängig vom Ort.

Ludwig war lang nicht mehr hier gewesen.

Berchtesgaden war mit unschönen Erinnerungen verbunden, Ludwig hatte hier als Kind einmal gewaltigen Ärger bekommen und deshalb die Villa gemieden.

Doch ohne Ludwigs Familie bekam der Ort seinen Glanz und seine Schönheit zurück.

Es war ein Akt des Trotzes gewesen, doch Ludwig hatte sich vor einigen Jahren gekränkt geschworen, nie wieder an diesen Ort zurückzukehren.

Manchmal musste man Versprechen brechen.

Ludwig hatte zuerst gezögert, doch die Villa war der einzige Platz gewesen, an den er ungestört mit nur wenigen Begleitern hatte reisen dürfen.

Ungestört, ohne seine Familie, nur mit seinen liebsten Bediensteten, ohne die Erzieher und ohne Regeln.

Er hatte nur wenige Dinge erlebt, die schöner waren, als die Freiheit, die ihm das Alleinsein gab.

Dabei war er gar nicht ganz alleine, aber eben nur umgeben von Menschen, die er gern um sich hatte, und die ihn nicht stressten.

Die einzige Person, mit der er hier wirklich Zeit verbrachte, war Paul.

Paul war auch für das Klavierspiel verantwortlich, das das, was Ludwig vor dem Fenster beobachtete, so perfekt untermalte.

Wie gern er selbst das Talent dafür gehabt hätte, so schön Klavier zu spielen!

Ludwig erinnerte sich noch zu allzu gut an seinen eigenen Klavierunterricht.

Es war eine Katastrophe gewesen, für ihn und für seinen Lehrer- bereits nach der ersten Stunde waren beide sich sicher gewesen, dass er dieses Instrument niemals beherrschen würde.

Das hatte ihn enttäuscht, denn das Klavier war so ein würdevolles, majestätisches Instrument, es passte perfekt zu ihm, eigentlich hätte er es spielen können müssen. Aber manche Dinge sollten wohl eben nicht sein.

So ließ Ludwig sich aber nun gern vorspielen, er liebte es, und jeden einzelnen Klang genoss er in vollen Zügen.

In der Melodie des Klavierspiels konnte er sich einfach fallen lassen und voll und ganz vollkommen fühlen. Und dadurch, dass er sich vorspielen lies, hatte er jemanden an seiner Seite, dessen Gesellschaft er sehr schätzte.

Paul und Ludwig waren im letzten Sommer noch öfter gemeinsam ausgeritten, hatten sich über Gott und die Welt unterhalten und waren sogar zweimal gemeinsam in der Oper gewesen.

Lange kannte der mittlerweile 17-jährige Kronprinz Ludwig den zwei Jahre älteren Paul zwar noch nicht, aber in kurzer Zeit war er zu seinem Lieblingsbediensteten geworden.

Und durch die zahlreichen Gespräche war Paul ihm ans Herz gewachsen.

Nicht nur das, für Ludwig war Paul sogar einer seiner engsten und einzigen Freunde, oder sogar mehr als das, aber das wollte Ludwig sich noch nicht eingestehen.

In jedem Fall verband die beiden Männer schnell etwas Besonderes, mit Paul konnte Ludwig über Alles sprechen, ohne verurteilt zu werden.

Bei ihm fühlte er sich sicher, und das hatte er noch nie erlebt.

Eigentlich konnte er sich Menschen gegenüber nicht öffnen, und wenn er es dann doch tat, dann verlor er die Kontrolle über das Gespräch und fühlte sich bevormundet, als ob die anderer Person in seine Privatsphäre eingreifen würde.

Paul tat das nicht, im Gegenteil, Gespräche mit ihm fühlten sich ausgeglichen und gut an.

Ludwig lehnte sich etwas nach vorn, um seinem Freund und Bediensteten besser beim Spielen zusehen zu können.

Er sah Paul gerne beim Klavierspielen zu, Ludwigs Blick fiel wieder einmal auf Pauls Hände.

Das kam oft vor, wenn Ludwig sich dabei ertappte, sah er immer schnell weg, doch irgendetwas zog seinen Blick zu Pauls Händen und nagelte ihn dort fest.

Vielleicht war es Faszination.

Die Finger flogen ungewöhnlich sorgfältig und flink über die Tasten des Klaviers, als wären sie nur dafür gemacht.

Bedacht leise erhob sich Ludwig und trat näher an Paul heran, er stand nun hinter ihm und konnte das Klavierspiel akribisch verfolgen.

Es war ihm unerklärlich, wie schnell Paul seine Finger koordinieren konnte und sie doch jeden einzelnen Ton richtig trafen, als wären sie von einer höheren Macht gelenkt!

Ludwig konnte seinen Blick nicht von den Händen Pauls abwenden, der aber sah kurz zu Ludwig hoch, spielte trotzdem weiter und lächelte, als er den Blick wieder auf die Tasten richtete.

Ein Schauer fuhr durch Ludwigs Körper.

Dieses Lächeln.

Es war ein ehrliches Lächeln, das sicher nur für ihn allein bestimmt war, da war er sich sicher.

Ludwig und Paul waren mit einigen Bediensteten im September dieses Jahres nach Berchtesgaden gefahren, um einige Tage aus München zu entfliehen und um dem Kronprinzen einen Wunsch zu erfüllen.

Zu seinem 17. Geburtstag dieses Jahr hatte Ludwig sich nur eine kleine Auszeit gewünscht, und den einzigen Wunsch seines Sohnes konnte selbst König Max nicht ablehnen.

Zähneknirschend hatte er Ludwig die wenigen Tage Freiheit erlaubt.

Ludwig wollte einfach nur raus aus den Schlössern und aus den Zwängen, die mit dem Älterwerden nicht weniger geworden waren.

Andersherum sogar, es wurden immer noch mehr!

Es gefiel Ludwig nicht, dass die Menschen ihn einerseits noch immer behandelten wie einen kleinen Jungen, seine Meinungen nicht ernst nahmen und ihn als „zu jung" bezeichneten, er nun aber gleichzeitig die Pflichten eines Erwachsenen hatte.

Das hatte er sich ganz anders vorgestellt.

Am Schlimmsten waren seine Eltern.

Für seinen Vater war Ludwig noch immer nicht das, was er sich wünschte, und seine Mutter hatte keinerlei Respekt vor ihm.

Das beruhte zwar auch auf Gegenseitigkeit, Ludwig hielt seine Mutter weder für sonderlich intelligent, noch für eine gute Frau, und er bezweifelte, dass sich das jemals ändern würde.

Trotzdem hätte er sich zumindest einen respektvollen Umgang als Familie miteinander gewünscht, aber das würde nicht in Erfüllung gehen.

Sicher nicht, bevor er König wäre, und dafür musste sein Vater erst einmal sterben.

Deshalb hatte er sich so sehr auf diese kleine Auszeit gefreut. Es hatte außer Frage gestanden, dass Paul sein engster Begleiter werden würde, denn er war der Einzige, der Ludwig verstand.

Ludwigs Blick wanderte wieder auf die Landschaft vor dem Fenster.

Zwei kleine, flinke Vögel flogen einen Slalom durch die Baumwipfel.

Sie befanden sich nur etwa 10 Meter über dem Boden und flogen parallel zu der Fensterfront, sodass der Kronprinz wunderbar auf sie hinunterblicken konnte.

Fasziniert verfolgte er sie mit seinem Blick.

Immer wieder machten die Flugbahnen der Vögel unvorhersehbare Kurven und Knicke, mal flogen sie höher, dann, ganz plötzlich, wieder tiefer.

Aber die beiden Vögel blieben die ganze Zeit so nah beieinander, als hätten sie ihre Vorführung einstudiert.

Es war, als ob sie ein Spiel spielen würden, das niemand verstand außer ihnen selbst.

Ludwig merkte, wie sich seine Mundwinkel ein bisschen anhoben. Zwei freie Geister, die nach ihren eigenen Regeln spielten und lebten.

Vielleicht hätten die Vögel ihn auch verstanden.

So wollte er auch sein, am liebsten gemeinsam mit Paul, und er war sich sicher, dass Paul das auch so sah. Denn schon seit einigen Monaten spielten die beiden ihr eigenes Spiel, das niemand verstand.

Sie konnten sich tagelang in Diskussionen über die Musik und die Kunst verlieren, und es war das Größte für sie.

Andere standen daneben und verstanden die Hingabe und die Faszination nicht im Geringsten.

Ludwig hatte immer gedacht, dass er sein Leben lang mit dieser Leidenschaft allein bliebe müsste. So oft hatte er versucht, anderen zu erklären, was er fühlte, immer war er gescheitert und hatte sich gefühlt, als würde er gegen eine Wand anreden.

Mit Paul konnte Ludwig auf seine langen Wanderungen gehen, ohne, dass er sich nach kurzer Zeit über die Distanzen beschwerte, wie Otto es immer tat.

Paul schätzte die Schönheit der Natur und ging nicht auf die Jagd, um sie zu zerstören .

Er hatte ein Auge für die schönen Dinge.

Und er selbst war auch schön.

Ludwig konnte sich an den in seinen Augen makellosen Zügen seines Freundes nicht sattsehen.

Paul war ein bisschen kleiner als Ludwig, aber seine Präsenz war doch enorm.

Wenn Paul seine Uniform trug, dann musste selbst der Kronprinz schlucken.

Aber besonders liebte Ludwig Pauls Hände.

Und sein Klavierspiel.

Wenn Ludwig so nach draußen sah, dann wirkte das, was er erblicken konnte, fast, wie eine Szene in der Oper.

Erstaunlich viele Momente, die er mit Paul teilte, wirkten wie eine Oper.

Wunderschönes Schauspiel, untermalt von himmlischer Musik.

Perfektion.

Ludwig wollte den Moment festhalten, einrahmen und an die Wand seines tristen Zimmers in München hängen.

Er legte Paul vorsichtig eine Hand auf die Schulter.

Sie war ganz warm.

Und so stark. Pauls Schulter fühlte sich stark an.

Er zuckte kaum merklich, als Ludwigs Hand ihn berührte.

Ludwig seufzte stumm.

Warum konnte es nicht immer so bleiben?

Aber als er versuchte, den Moment festzuhalten, war er doch schon vergangen.

Die letzten Töne des Klaviers verstummten und die absolute Stille breitete sich im Zimmer aus.

Pauls Augen blieben starr auf die Tasten des Klaviers gerichtet.

Ludwig aber konnte den Blick nicht von ihm abwenden, so sehr er es auch versuchte.

Wenn Paul ihn genauso ansehen konnte, seinen Blick erwidern würde.

Wenn er seine Hand auf die von Ludwig legen würde, die Hand, mit der er eben noch so schön Klavier gespielt hatte und sich umdrehen würde.

„Nur eine Bewegung, sie mich an, bitte." dachte Ludwig.

So, dass er nicht nur die Wärme von Pauls Schulter, sondern auch die seines Atems spüren könnte.

Wie sich seine Haut wohl anfühlte? Die Haut dieser Hände.

Als hätte er Ludwigs Bitte gehört, fuhr Paul herum.

Jetzt sahen sich die beiden jungen Männer in die Augen.

Ludwig spürte eine ungeheure Vertrautheit in Pauls Blick.

Paul lächelte leicht.

Ob er wohl dasselbe dachte?

Hoffentlich.

Ludwig strich mit seiner Hand langsam über Pauls Schulter und hoch zu seinem Nacken.

Die Haut war weich. Und so warm. Noch immer war es still.

Ludwig spürte Pauls Puls, er konnte fühlen, wie Pauls Atem durch seinen Hals ging und wieder zurück, in einem gleichmäßigen, beruhigenden Rhythmus, fast wie die Musik.

Was tat er hier eigentlich?

Ludwig schüttelte energisch den Kopf.

Paul sah ihn noch immer an, doch das Lächeln war aus seinem Gesicht verschwunden. Ludwigs Hand lag noch immer ganz still auf seiner Schulter.

Was stellte er sich da eigentlich vor?

Was passierte hier?

Was zur Hölle ging da in seinem Kopf vor, welcher Teufel war in ihn gefahren, dass er so etwas dachte?

146

Diese Gedanken mussten raus aus seinem Kopf, und zwar schleunigst, ganz egal, wie.

Warum wollte er wissen, wie sich Pauls Haut anfühlte?

Das war absurd.

Das verstieß gegen Alles, was sich gehörte.

Ludwig war verwirrt, geschockt und ängstlich.

Er schnappte nach Luft.

Das Klavierspiel, der Champagner. Das hatte etwas mit ihm gemacht, etwas in ihm ausgelöst, was er nicht kannte.

Es war ziemlich ähnlich intensiv wie das Gefühl, das er gespürt hatte, als er zum ersten Mal den „Lohengrin" gesehen hatte, nur nicht so ruhig und warm, sondern etwas aufregender, und es kam immer wieder, wenn er zu Paul sah, es reichte auch schon, wenn er an ihn dachte.

Ludwig hätte es durchaus benennen können, doch das wollte er gar nicht. Er weigerte sich.

Diesen einen Damm wollte er aufrechterhalten, um zumindest etwas seiner Selbstachtung behalten zu können.

Konnte Paul sich nun endlich umdrehen, mit Ludwig sprechen, ihn fragen, ob er noch etwas hören wolle, diese unangenehme Stille durchbrechen, irgendetwas sagen, sodass Ludwig nicht mehr in seinen Gedanken gefangen war, konnte irgendetwas plötzlich passieren, völlig egal was, nur sollte es diese Stille endlich durchbrechen!

Ludwig wollte noch immer Pauls Stimme hören, vielleicht würde sie ihn aus diesem Gedankenchaos rausholen…

„Kronprinz Ludwig. Es ist schon spät."

Endlich sprach er, doch es bewirkte eher das Gegenteil von dem, was Ludwig sich erhofft hatte. Pauls Stimme war musikalisch, melodisch, sie riss ihn nicht aus seinen Gedanken heraus, sondern schob ihn noch weiter in sein Verderben hinein.

Sie passte zu seinem Klavierspiel.

Wie er wohl sang?

Ludwig hätte alles dafür gegeben, ihn singen zu hören.

Sicher konnte er auch den Lohengrin singen.

"Prinz Ludwig!"

Pauls Hand, auf seiner.

Aber nicht sanft, wie er es sich vorgestellt hatte, energisch.

„Nimm deine Hand da weg. Fass mich nicht an. Es tut mir nicht gut!" rief es in Ludwig.

Gleichzeitig hatte er nun eine Antwort auf die Frage, wie sich Pauls Hand anfühlte.

Warm.

„Ja." stammelte Ludwig nun, ohne zu wissen, auf welche Frage er nun überhaupt antwortete oder ob überhaupt eine gestellt worden war.

Es überraschte ihn schon, dass er noch reden konnte.

Ob er rot angelaufen war?

Sicher, denn es fühlte sich an, als würde sein Blut von innen gegen seine Schläfen pochen und die Ader auf der Stirn vor lauter Druck gleich platzen. Außerdem war ihm unglaublich warm, wahrscheinlich schwitzte er unkontrolliert.

Ludwig schüttelte erneut energisch den Kopf.

Ein weiterer Versuch, sich aus der Trance zu holen und wieder klar denken zu können.

Von Anfang an hoffnungslos.

Was passierte hier gerade mit ihm?

Er musste sich jetzt sammeln. Und zwar allein.

Er musste weg von Paul.

Weit weg.

Mit zitternden Knien stand er auf, ihm war ganz schwindelig und er musste sich wirklich konzentrieren, um nicht auf der Stelle nach vorn zu kippen und hinzufallen.

Wer hatte Pudding aus seinen Beinen gemacht, wer hatte ihm die ganze Energie aus dem Körper gezogen?

Er fühlte sich wie ein Beutetier, das von seinem Jäger gelähmt wurde und nun nicht mehr fliehen konnte, obwohl das der einzige Ausweg war: Er musste raus aus diesem Raum, raus aus der Situation.

Weg von Paul, weg von Allem.

Es war ihm zu eng hier.

Das machte ihm Angst.

Er musste atmen.

Immer noch zitternd stürmte Ludwig auf die Tür des Raumes zu.

Es war ihm jetzt egal, ob seine Beine nachgeben würden.

Nur schnell raus hier, den Blick starr nach vorne gerichtet, wie in einem Tunnel.

Raus. Das war das Einzige, was zählte.

„Aber…was ist denn los? Prinz Ludwig!" rief Paul ihm noch verwundert hinterher, aber Ludwig sah hörte ihn kaum noch, er war schon längst die Treppe empor gelaufen, hatte die schwere Tür zu seinem Schlafgemach hinter sich zu geschmissen, sodass der Knall in der ganzen Villa zu hören gewesen war, und alle Anwesenden wussten, dass der Thronfolger nicht gestört werden wollte.

Die Einsamkeit.

Das Alleinsein, die Stille, das war der einzige Ausweg.

Isolation.

Nur Ludwig, und die Sterne vor dem geöffneten Fenster.

Ohne Pauls Musik.

So war es nur halb so schön, aber auch sicherer für Alle.

Ludwig wusste, dass das, was er gerade gedacht hatte, niemandem gut tat, schon gar nicht ihm selbst.

Er riss das Fenster weit auf stützte die Hände auf das Fensterbrett, sodass er die kalte Luft am ganzen Körper spüren konnte.

Die Kälte stach auf seiner Haut, er biss die Zähne vor Schmerzen zusammen, zwang sich aber, noch einige Sekunden auszuhalten.

Diese Bestrafung hatte er verdient.

Schmerzen.

Fegefeuer.

Er wollte einfach nur schreien, seinen Körper aus dem Fenster lehnen und alles loslassen, all die Wut und die Angst, das Unbekannte, was auf seinem Herzen lag wie ein riesiger Stein.

Einige Sekunden später warf er das Fenster ebenso energisch wieder zu, wie er es geöffnet hatte und kauerte sich auf seinem Bett zusammen.

Er zog sich die Bettdecke über den Kopf und machte sich so klein, wie es nur möglich war.

Das erste Mal in seinem Leben wünschte Ludwig sich, kleiner zu sein.

Er wollte verschwinden.

So, in dieser warmen Dunkelheit, lag er für einige Sekunden, vielleicht waren es auch Minuten oder Stunden, da und zwang sich dazu, einfach an gar nichts zu denken.

Aber es kam immer wieder zurück in seinen Kopf geströmt, die Gedanken hatten sein ganzes Gehirn befallen wie Parasiten, die er einfach nicht loswerden konnte.

Wie ein Wasserfall prasselten sie mit unglaublicher Wucht auf ihn herab, erschlugen ihn gnadenlos, ertränkten ihn, und er konnte nichts dagegen tun, rein gar nichts.

So etwas hatte Ludwig noch nie erlebt.

Und er wusste ganz genau, dass es unglaublich falsch war, auch, wenn es sich kurz angefühlt hatte wie das schönste Gefühl der Welt.

Vor anderen könnte er es ein Leben lang leugnen, aber vor sich selbst?

Nein, das ging jetzt nicht mehr. Allein die Gedanken, die er gehabt hatte, waren schon Sünde. Er würde wohl sein ganzes Leben lang und darüber hinaus mit dieser Schuld leben müssen.

Und Gott konnte man nicht belügen.

Besonders Regenten, die mit Gottes Gnade regierten, sollten ehrlich zu ihm sein und gar nicht darauf kommen, u sündigen.

„Du gibst mir diese Macht, stellst mich in diese Position…und ich?"

Ludwig wusste nicht, ob er gerade mit sich selbst sprach oder zu Gott, oder zu irgendwem.

Wer er hören sollte, würde es hören.

Reue und Einsicht waren der erste Schritt zu Besserung.

„Ich bin nicht dafür gemacht…"

flüsterte Ludwig.

König.

Anführer.

Und selbst voller Sünden.

Ludwig fand keine eigenen Worte mehr.

„Schließ in dein Gebet alle meine Sünden ein…"
stotterte er, dann musste er dem Kloß in seinem Hals
nachgeben.

Er hatte noch nie so geweint.

Als kleiner Junge, als Trotz, hatte er sich oft
schmollend in sein Zimmer gesetzt und die eine oder
andere Träne vergossen, doch noch nie hatte er sich
so seinen Gefühlen ausgeliefert gefühlt, dass er die
komplette Kontrolle verlor.

Es tat so weh.

Es war nicht auszuhalten.

Ludwig musste es sich eingestehen: Er wünschte
sich nichts mehr, als das Paul ihm näher gekommen
wäre.

Einfach alles in ihm sehnte sich danach, aber er
durfte nicht schwach werden.

Egal, was er tat: Nachgeben durfte er diesem
Drang auf keinen Fall, so schwer es auch sein würde.

Wie lang er stark genug dafür wäre, wusste er
selbst nicht.

Aber gab es überhaupt eine Alternativ zum er-
müdenden Kampf mit seinen eigenen Gefühlen?

Nein.

Denn auch, wenn es wahrscheinlich kurzfristig
helfen würde, darüber zu sprechen, wäre das eindeutig der schlechteste Weg gewesen.

Ludwig konnte sich von niemandem Verständnis
für eine Sünde erhoffen.

Nein, es gab hier keine Lösung.

Denn wenn er es weiter für sich behielt, dann würde er irgendwann an diesem Schmerz ersticken.

Er musste einfach nur bei Paul sein.

Es kam nicht oft vor, dass Ludwig sich so sicher war, dass er etwas wirklich wollte und brauchte, doch es fühlte sich so selbstverständlich an wie das Atmen.

Natürlich brauchte man Luft zum Leben.

Noch nie in seinem Leben hatte Ludwig wirklich zwischen dem, was von ihm erwartet wurde und dem, was er selbst begehrte, unterscheiden können.

Doch nun wollte er ganz allein etwas, was ihm alle Erwartungen für immer verschließen würden.

Diese Hoffnungslosigkeit lies den Wunsch aber nur noch stärker wachsen, und Ludwig wünschte sich nichts mehr, als dass er mit seiner Vermutung falsch lag.

Aber er wusste schon länger ganz genau, was mit ihm los war.

Das, was Paul und er hatten, war keine innige Freundschaft.

Ludwig hatte sich das erste Mal in seinem Leben wirklich verliebt.

11.KAPITEL

HÖLLE AUF ERDEN

" *13. OKTOBER 1862, POSSENHOFEN* "

Es war ein sonniger Herbsttag.

Eindeutig neigte sich das Jahr 1862, ein durchaus besonderes Jahr in Prinz Ludwigs Leben, dem Ende zu.

Aber als wenn es sich noch einmal von seiner besten Seite zeigen und sich für all die schrecklichen Momente, die es dem Kronprinzen beschert hatte, entschuldigen wollte, war der Herbst dieses Jahres wie aus dem Bilderbuch.

Eine Wiedergutmachung, eine Entschädigung.

Ludwig war für gewöhnlich nachtragend, doch dieses Jahr machte es ihm schwer, noch wütend zu sein.

Der Herbst war seine liebste Jahreszeit.

Einige Blätter begannen schon, sich bunt zu verfärben, und einige wenige fielen auch schon von den Bäumen, aber die Luft war noch immer angenehm warm, nur wenig abgekühlt durch einen leichten Wind, der sich seinen Weg um die Gebirge bis in die Täler suchte.

Ab und zu konnte Ludwig das Rauschen des Windes in den Baumkronen hören, als er durch den sonst so stillen Wald ritt, die herabgefallenen Blätter knisterten unter den Hufen seines Pferdes.

Es fiel gerade genug Licht durch die erst leicht ausgedünnten Baumkronen, um den unbefestigten Weg zu erkennen, doch Ludwig kannte ihn wie seine Westentasche.

Er war hier schon unzählige Male entlang geritten, selbst die Stute wirkte so, als wüsste sie ganz genau, wohin es gehen würde.

Er freute sich.

An diesem Tag würde es ein lang ersehntes Wiedersehen geben, mit seiner liebsten Cousine, die für Ludwig eher wie eine große Schwester war.

Einer Frau, die eine ganz besondere Rolle in seinem Leben spielte, neben Sybille wahrscheinlich die wichtigste Frau in seinem Leben.

Elisabeth war eine Frau, an die man sich erinnerte, ohne sie jemals gekannt zu haben, die von jedem Bauern erkannt und geliebt wurde.

Die Kaiserin von Österreich, endlich wieder zu Besuch in ihrer Heimat.

Es war Ewigkeiten her, dass Ludwig und Elisabeth sich gesehen hatten.

Seit sie Kaiserin war, kam sie nur selten nach Bayern, sie hatte viel zu tun, sie war jetzt Mutter, Ehefrau und Liebling des österreichischen Volkes.

Sie war nicht mehr Elisabeth von Wittelsbach, Herzogin in Bayern, sie war jetzt Kaiserin Sisi von Österreich, lebte am Wiener Hof und hatte weitaus besseres zu tun, als mit ihrem kleinen Cousin Ludwig zu spielen.

Von einem Tag auf den anderen hatte sich das damals geändert.

Elisabeth war keine acht Jahre älter als Ludwig und immer für Unfug zu haben gewesen, anders als ihre Schwestern hatte sie nie ein Problem damit gehabt, ihr Kleid beim Spielen mit den Jungen schmutzig zu machen, obwohl sie dafür Ärger von ihren Eltern bekam.

Sie hatte Ludwig vorgelesen, ihm Passagen von Shakespeare erklärt, die er noch nicht verstanden hatte und sie hatte sich begeistert seine improvisierten Aufführungen angesehen.

Dann war sie plötzlich weg gewesen.

Alles Weitere hatte Ludwig dann durch Postkarten und Zeitungen erfahren.

Kaiserin Sisi von Österreich.

1854, mit fünfzehn Jahren.

Ludwig hatte sie seitdem genau dreimal gesehen, nur ein einziges Mal davon waren sie für länger als eine Minute allein gewesen.

Es war so anders als früher.

Natürlich war es das.

Alle wurden älter.

Junge Mädchen aus Adelsfamilien wurden früh verheiratet, besonders, wenn sie so schön waren wie

Elisabeth und man sich dann auch noch mit ihnen unterhalten konnte.

Liebe war eigenartig.

Sie schaltete nicht nur den Verstand von erwachsenen Männern völlig aus, sonders machte wohl auch kleine Mädchen plötzlich zu Kaiserinnen.

Ob sie glücklich machte, war dann wieder eine andere Frage.

Auf den Hochzeitsfotos und anderen Bildern, die Ludwig gesehen hatte, strahlte seine Cousine über beiden Ohren.

Sie sah noch schöner aus als früher und trug die schönsten Kleider, ihre Haare glänzten und sie und Franz Joseph waren ein wunderschönes Paar, doch als Ludwig sie nach der Hochzeit, zum ersten Mal wiedergesehen hatte, hatte er sich erschrocken.

Es war bei einem großen Treffen der gesamten Familie gewesen, anlässlich der Hochzeit von Elisabeths Schwester, Helene, im August 1858.

Bis dahin war Elisabeth dreimal Mutter geworden und hatte eines ihrer Kinder verloren, Ludwig hatte erwartet, dass sie mitgenommen aussehen musste.

Doch ihr Zustand hatte alles übertroffen, was er sich hatte ausmalen können.

Seine lebhafte Cousine hatte in ihren vier ersten Ehejahren unglaublich an Gewicht verloren, an der gemeinsamen Tafel kaum etwas gegessen und durchgehend wie getrieben gewirkt.

Sie hatte kein Wort gesprochen und kein einziges Mal gelächelt.

Da war es wieder.

Das Grau in den Augen.

Wie bei Marie.

Diese unendliche Leere in einem Menschen, als hätte man ihm die Seele gestohlen.

1858 war Ludwig erst 12 Jahre alt gewesen, aber er hatte es direkt wiedererkannt.

Er schluckte.

Warum kamen diese Gedanken ihm jetzt wieder in den Kopf geschossen?

Er freute sich doch eigentlich auf das Treffen, es sollte etwas Schönes werden.

Die letzten Jahre hatte er es auch so erfolgreich verdrängen können, was mit Elisabeth passiert war.

In seinen Gedanken war sie noch immer die anmutige, schöne und lustige Cousine, ganz unabhängig von ihrem Gewicht.

Aber da war dieses Grau.

Ludwig hatte Angst davor, heute wieder in das Grau blicken zu müssen.

Das Pferd kannte den Weg tatsächlich, denn obwohl Ludwig so tief in seinen Gedanken versunken war, waren sie plötzlich angekommen.

Possenhofen.

So ein schöner Ort, voller guter Erinnerungen.

Kindheit.

Frieden.

Ludwig atmete tief ein und aus.

„Ich freue mich." flüsterte er, sein Herz schlug schnell und kräftig in seiner Brust, mit aller Kraft versuchte er, es zu ignorieren und ein Lächeln aufzusetzen.

Er war nervös, seine Hände schwitzten.

Wovor genau hatte er Angst?

Vor dem Grau.

Das Grau, was anscheinend alle einmal einholen würde.

Auch ihn?

Langsam ritt Ludwig näher an das Schloss heran.

Die Anlage war riesig, doch Ludwig wusste genau, wo er auf Elisabeth treffen würde.

Er kannte sich hier aus, sie hatten so oft Verstecken gespielt, Ludwig kannte jede Ecke.

Nun musste er aber erst einmal zu den Stallungen reiten, um dort sein Pferd unterzubringen, und genau dort erwartete er auch Elisabeth.

Wenn sie hier Zeit verbrachte, dann war sie pausenlos bei den Pferden.

Außerdem hatten sie sich ohnehin auf einen Ausritt verabredet, und Ludwig war schon etwas spät dran.

Wahrscheinlich musste er sein Pferd nicht einmal absatteln, sondern sie würden direkt wieder in das Waldstück hineintreten, aus dem er eben herausgekommen war.

Und Ludwig Annahme stimmte.

Seine Cousine wartete bereits, pünktlich wie immer.

Er vermied es, ihr in die Augen zu schauen, aus Angst vor dem Grau.

Elisabeth trug ein fliederfarbenes Kleid, das besonders um ihre Taille herum so eng anlag, dass es schmerzhaft aussah.

Sie sah so zerbrechlich aus.

Schön, wie immer. Wunderschön.

Aber traurig.

Sie saß bereits auf ihrem Pferd, einem dunkelbraunen, schlanken und hochgewachsenen Hengst mit geflochtener und ordentlich gekämmter Mähne.

Wie immer saß Elisabeth im Damensitz und vollständig aufrecht.

Das konnte doch nicht bequem sein, ihr musste doch alles wehtun.

Sie lächelte Ludwig an, als sie ihn sah.

Er lächelte zurück.

„Ludwig." sagte sie.

Ihre Stimme klang schwach.

Zerbrechlich.

Als er neben ihr angekommen war, küsste Ludwig die Hand seiner Cousine. Sie war ganz kalt.

„Elisabeth. Schön, dich zu sehen."

„Du bist groß geworden. Ein richtiger Junger Mann."

Ludwig versuchte, sich ein Grinsen zu verkneifen.

Das ging runter wie Öl.

Ein richtiger junger Mann.

Wenn Elisabeth das sagte, musste es stimmen.

Sie war ehrlich.

„Du siehst gut aus, Elisabeth." log Ludwig.

Warum hatte er das nur gesagt?

„Du siehst wunderschön aus" wäre keine Lüge gewesen.

Sie war schön.

Aber so traurig.

Es tat weh, sie anzusehen, aber Ludwig musste hinsehen, weil sie so schön war.

Ihre Wangen waren blass, das Gesicht sah nicht mehr ganz so eingefallen aus wie beim letzten Mal, als sie sich gesehen hatten, aber vielleicht lag das auch nur daran, dass sie stark geschminkt war.

Ihre langen braunen Haare fielen ihr halboffen über den Rücken, einzelne Strähnen waren zu kleinen Zöpfen geflochten.

Ludwig hielt noch immer ihre Hand, sie war kalkweiß und er konnte die einzelnen blauen Adern erkennen.

Grau, nicht nur in ihren Augen, überall.

Was war nur ihn Wien passiert?

Ludwig beschloss, erst einmal nicht nachzufragen, schließlich war Elisabeth nicht nur seine Cousine, sondern eine Kaiserin, auch als Verwandter musste er sich respektvoll ihr gegenüber zeigen.

Außerdem war er sich nicht sicher, ob er es wissen wollte.

Vielleicht konnte er dafür sorgen, dass sie einen schönen Nachmittag erleben konnte, ohne nervige Nachfragen.

Offensichtlich hatte sie genug Probleme.

„Ich danke dir, Ludwig. Wollen wir in den Wald reiten?" Ludwig nickte nur stumm.

Er wusste nicht ganz, was er sagen sollte.

Einige Sekunden, die sich wie Stunden anfühlten, herrschte Stille. Ludwig sah zu Elisabeth herüber, sie hatte den Blick nach vorn gerichtet, als wäre er gar nicht da.

Ludwig nahm das als Anlass, sich selbst auch auf das Reiten zu konzentrieren.

Normalerweise achtete er dabei nicht so sehr auf seine Haltung oder auf den Gang seines Pferdes, es machte ihm einfach Spaß, zu reiten, doch vor der Kaiserin wollte er zeigen, dass er auch standesgemäß reiten konnte.

Sie hatte es ihm damals beigebracht.

Es war immer eines von Ludwigs Zielen gewesen, eines Tages so reiten zu können, wie Elisabeth.

Als Fünfjähriger hatte er gesehen, wie anmutig sie auf dem Pferd gesessen hatte, wie sie selbst bei hoher Geschwindigkeit ihre Haltung bewahrt und alles unter Kontrolle gehabt hatte.

Er hatte daneben gestanden und sie nur ausmalen könne, was für eine Freiheit das Reiten mit sich brachte.

Ein oder Zwei Jahre später hatte Elisabeth Ludwig dann einmal heimlich mitreiten lassen, obwohl seien Eltern es zuvor verboten hatten.

Sie hatte Ludwig vor sich auf das Pferd gesetzt und dann selbst die Zügel in die Hand genommen, ganz langsam waren sie einige Meter geritten und Ludwig hatte den Spaß seines Lebens gehabt.

Sie hatte hell und laut gelacht, ein unvergleichliches Lachen, so intensiv und anmutig gleichzeitig.

Eine Zeit lang hatte Ludwig darüber nachgedacht, Elisabeth später zu heiraten.

ja, sie war etwas älter als er und hatte ihn schon als kleines Kind gekannt, doch als Achtjähriger war ihm das egal gewesen.

Mit ihr konnte man Spaß haben, aber auch ernste Gespräche führen.

Ähnlich wie Ludwigs Kindheitsfreundin Helene von Dönniges war sie schlagfertig und lustig gewesen, aber nicht so aufgedreht, mit ihr hätte Ludwig gemeinsam ausreiten und die Natur genießen können.

Vielleicht war er ein kleines bisschen verliebt gewesen, oder einfach nur beeindruckt.

Doch plötzlich war Elisabeth weg gewesen.

Sie waren nie nebeneinander ausgeritten.

Bis heute.

Doch war das das Mädchen, mit dem er früher gelacht hatte?

Ob sie jemals wiedergekommen war?

War die Frau, die dort neben ihm ritt, seine glückliche Cousine oder nur eine Hülle, die ihren Namen trug und ihren Platz einnahm?

Was zur Hölle passierte nur mit Mädchen, die einen Kaiser oder König heirateten?

Als sie tief in den Wald hinein geritten waren, kamen sie vor einem kleinen Bach zum Stehen.

Ludwig hatte eine kleine Decke dabei, auf die konnte Elisabeth sich setzen, damit ihr Kleid nicht dreckig werden würde.

Seine Hose war egal, das Laub war noch trocken.

Der Wind strich nun etwas stärker durch die Baumkronen, es wurde zum ersten Mal in diesem Jahr frisch.

„Wie ist es in Wien?" fragte Ludwig vorsichtig. Irgendwie musste er ein Gespräch beginnen, und das war eine unverfängliche Frage.

Jetzt konnte seine Cousine selbst entscheiden, was sie Ludwig sagen wollte und was nicht.

Sie konnte lügen oder einen Teil der Wahrheit sagen, oder irgendwas dazwischen.

Das Gespräch lag in ihrer Hand, doch insgeheim war Ludwig sehr neugierig.

Er wollte wissen, was mit Elisabeth passiert war, obwohl es ihm Angst machte.

Die Frage war nur: Wollte sie es ihm, den sie nicht mehr richtig gesehen hatte, seit sie Kinder gewesen waren, anvertrauen?

„Es ist…" Elisabeth dachte einige Sekunden lang nach, als würde sie nach dem richtigen Wort suchen, „anders. Ganz anders."

„Anders als was?" fragte Ludwig.

„Anders als Alles, was ich zuvor kannte." Elisabeth senkte den Blick und verfolgte mit ihren Augen ein braunes Blatt, das langsam von dem Lauf des

Flusses davongetragen wurde, bis es aus ihrem Sichtfeld verschwand.

„Der Kaiserhof. Es ist…es ist so streng."

Sie schluckte. Es ging ihr nah, was sie jetzt erzählte.

Ludwig bekam eine Gänsehaut.

„Ich habe Strenge erwartet, natürlich, aber es gibt so viele Regeln, dass man sie sich gar nicht alle gleichzeitig merken kann. Und man muss sie sich alle gleichzeitig merken, denn sonst macht man permanent etwas falsch!" ihre Stimme zitterte, als sie fortfuhr.

„Es ist ein Käfig. Ich muss immer gut aussehen und lächeln, ganz gleich, was passiert. Ich habe meine Tochter verloren- na und? Ich muss lächeln. Immer muss ich lächeln, nett gucken und höflich nicken, wenn Franz etwas sagt. Bloß nicht den Mund aufmachen, Haltung, Sisi. Sisi nennen sie mich! Ein Spitzname, den Menschen benutzen, die mich nicht einmal kennen!"

Plötzlich sprach sie lauter, aufgeregt, sie klang fast wütend.

Ein kleines bisschen von der Stärke, die Ludwig noch von früher kannte, blitzte durch ihre matte Stimme.

Sie wirkte plötzlich gar nicht mehr zerbrechlich.

Ludwig schwieg.

Sie sollte weitererzählen.

„Haltung und Anstand, immer. Niemals die Maske abnehmen, bis du nicht mehr merkst, wo die

Maske anfängt und das Gesicht aufhört, und dann bist du wortwörtlich, gesichtslos und hasst dich selbst dafür, und dann versuchst du verzweifelt doch einmal, dir die Maske abzureißen, aber es geht nicht, weil sie festgewachsen ist!"

Ludwig hatte nun auch Tränen in den Augen.

Er hatte nicht gewusst, dass er so viel Mitleid auf einmal empfinden konnte.

Er fühlte sich hilflos. Was sollte er tun?

Was konnte er überhaupt tun?

Nichts. Nur dasitzen und zuhören.

Die Kaiserin von Österreich trösten war doch auch wieder nah dran an Majestätsbeleidigung.

„Elisabeth, das…das tut mir Leid." stotterte er und brachte es nicht fertig, ihr dabei ins Gesicht zu schauen.

„Sieh mich an, bitte."

Ludwig sah auf.

Das war ein Befehl, und doch sagte sie es so sanft und vorsichtig.

Langsam hob Ludwig den Blick und sah nun direkt in Elisabeths Augen.

Grau.

So ein tiefes Grau, dass Gewitterwolken neidisch geworden wären.

Fast schwarz.

Nicht in ihrer Iris, die war braun, wie früher, sondern dahinter.

Es war nicht die Farbe Grau, es war das Gefühl. Die Ausstrahlung.

Elisabeth ging es schlecht, sehr schlecht.

Sie reagierte auf Ludwigs beängstigten Blick mit einem Seufzen, als ob sie selbst schuld daran gewesen wäre, was ihr angetan wurde.

Als wäre Ludwigs Sorge das schwerwiegendste Problem.

„Aber…ich dachte, du liebst den Kaiser."

Als Elisabeth 1858 Franz Joseph geheiratet hatte, war überall von einer Liebesheirat erzählt worden.

Dass die beiden sich auf seinem Geburtstag zum ersten mal gesehen und sofort ineinander verliebt hatten.

Keine arrangierte Ehe, Liebe auf den ersten Blick.

Elisabeth lächelte enttäuscht.

„Das habe ich auch gedacht. Und es ist auch gar nicht so weit entfernt von Liebe, glaube ich, das ist auch nicht selbstverständlich. Er behandelt mich gut."

Ludwig lies den Blick sinken.

„Aber ich wäre lieber alleine und hätte ein freies Leben. Es fühlt sich schlecht an, das so zu sagen, aber das bisschen Liebe ist nichts wert gegen all das Leid, das ich deshalb ertragen muss."

„Liebe sollte doch schön sein." flüsterte Ludwig.

„Das ist sie auch. Die reine Liebe ist wunderschön. Wenn wir Zeit für uns haben, allein miteinander reden können, dann ist es das Schönste auf der ganzen Welt. Aber sind diese wenigen Momente, höchstens vielleicht eine halbe Stunde am Tag, es wert, sich die restlichen Stunden still zu quälen und zugrunde zu gehen? Wären Romeo und Julia nicht auch glücklicher geworden, wenn sie sich nie kennengelernt hätten?"

Das machte Ludwig nachdenklich.

Solch ein Gespräch hatte er sich schon lange gewünscht.

„Sie wären am Leben geblieben."

Er zickte mit den Schultern.

Wären Romeo und Julia allein glücklich geworden?

Wahrscheinlich hätten sie nie das unglaubliche Glück gespürt, das sie einander in ihren wenigen glücklichen Momenten gegeben hatten.

Wenn es so etwas wie Seelenverwandte gab, dann hätten sie mit einer anderen Person nie die echte Liebe erlebt.

Sie hätten ihre Leben gelebt, ohne diese extremen Gefühle.

Das hätte beiden Familien viel Leid erspart, Alles wäre so geblieben, wie es vorher gewesen war.

Wahrscheinlich wäre es das wert gewesen.

„Wenn ich Franz nie getroffen hätte, wäre ich jetzt wohl ein glücklicher Mensch."

Elisabeth seufzte.

„Doch trotzdem würde ich es nie ungeschehen machen wollen. Liebe ist etwas Besonderes, aber objektiv betrachtet ist sie nicht gut."

Das stimmte, Ludwig erfuhr es gerade am eigenen Leibe, aber das konnte er Elisabeth nicht sagen.

Er wusste ganz genau, wovon sie sprach.

Liebe tat unglaublich weh.

Es tat weh, sich von Paul fernzuhalten.

Ludwig vermisste ihn.

Aber es war objektiv betrachtet besser für alle Beteiligten.

„Du bist jetzt 17, Ludwig."

Plötzlich legte Elisabeth ihm eine Hand auf die Schulter.

„Und ich möchte dich um etwas bitten."

Ludwig sah sie an.

„Bitte, kein schönes junges Mädchen aus und hol sie zu dir, nur, weil dein Vater bald von dir erwarten wird, dass du heiratest. Nimm dir nicht einfach, was dir gefällt...auch, wenn du es könntest."

Ludwig musste schlucken. „Nimm dir nicht einfach, was dir gefällt"- als stände er an einem Buffet.

Er wusste gar nicht, was er jetzt sagen sollte.

Es schein noch so weit weg, dass er in der Position stehen würde, sich jemanden zum heiraten auszusuchen.

Und doch war es gar nicht so abwegig, dass Elisabeth daran dachte, bald wäre Ludwig erwachsen, dann würde er sich mit der Frage nach einer Braut auseinandersetzen müssen.

Und es stimmte, er konnte sich einfach eine beliebige junge Frau aussuchen. Zum Thronfolger würde kein Vater Nein sagen.

Langsam schüttelte Ludwig den Kopf.

Nein, das konnte er gar nicht, er würde es sich nie verzeihen können, das Grau in die Augen einer

jungen Frau gebracht zu haben, egal, wie verliebt er
wäre.

„Das werde ich nicht tun. Versprochen." flüsterte
er.

Dabei wusste er nicht einmal, ob er es Elisabeth
versprach oder sich selbst.

Heiraten.

Sich ein Leben lang gegenseitig Treue versprechen, eine Verbindung vor Gott einzugehen, die die
vertrauteste und engste Beziehung im ganzen Leben
sein sollte.

Zu wissen, jemanden auf ewig an seiner Seite zu
haben, egal, was passierte- in guten wie in schlechten Zeiten.

Eine Familie miteinander gründen, gemeinsame
Kinder aufwachsen sehen, die eine Mischung aus
einem selbst und der Person, die man am Meisten
liebte, waren…

Gemeinsam alt werden, unterstützen, vertrauen.

In der Theorie klang das wunderschön.

Dass es in den Adelskreisen anders zuging, war
zwar traurig, aber offensichtlich.

Ludwig konnte ziemlich nüchtern darauf sehen,
weil es ihm so surreal erschien.

Was war, wenn Ludwig überhaupt keine Frau
fand, die er heiraten wollte?

Er mochte Frauen. Sie waren elegant, schön und
ihre Intelligenz wurde oft unterschätzt, weshalb man
sich mit ihnen unterhalten konnte, ohne dass sie

einen mit der Arroganz, die Ludwig von vielen Männern kannte, behandelten.

Frauen verdrehten nicht direkte die Augen, wenn Ludwig sich mit ihnen über das Theater oder Musik unterhalten wollte.

Die Frauen, mit denen er bisher gesprochen hatte, hatten ihm nicht direkt erzählen müssen, wie sich ein richtiger Mann zu verhalten hatte.

Ludwig hatte schon viele schöne und nette Frauen gesehen und einigen von ihnen auch kennengelernt, doch er hatte sich irgendwie eine vorstellen können, eine von ihnen zu heiraten.

Mit ihr ein Leben lang zu leben, mit ihr eine Familie zu gründen.

Sollte sich der Gedanke daran mit 17 Jahren nicht zumindest langsam nicht mehr so fremd anfühlen, oder war das normal, bis man die eine Frau gefunden hatte?

Bis man sich verliebt hatte.

Ludwig lief ein Schauer über den Rücken.

Paul.

Er hatte sich schon einmal verliebt, Hals über Kopf.

Es gab eine Person, mit der er sich das Alles vorstellen konnte.

Gemeinsam alt werden, zusammen, für immer. Familie.

Aber das durfte er nicht, und das ging auch nicht.

„Entschuldige." sprach Elisabeth plötzlich in die Stille.

„Es tut mir Leid. Ich hätte das nicht sagen sollen. Ich habe dir deine Träume, deine Hoffnung, genommen, ich sehe es in deinem Gesicht." Sie legte Ludwig eine Hand auf die Schulter.

Hoffnung?

Die hatte Ludwig schon lange nicht mehr.

Seine Gefühle waren falsch. Das musste er durchhalten, vielleicht würde er sie eines Tages abschütteln können, das war das Einzige, worauf er hoffen konnte.

Gefühllos zu werden.

Und seine Träume konnte ihm niemand nehmen, die gehörten ganzen und gar ihm, eben weil sie niemals wahr werden würden.

„Nein, es ist schon gut. Entschuldige dich nicht, bitte." Ludwig lächelte seine Cousine an.

Sie dachte, dass es Ludwigs Traum gewesen sei, eines Tages die Frau zu heiraten, die er liebte.

Dass seine Liebe erwidert werden würde, dass sie gemeinsam eine Familie gründen und alt werden würden.

Das war Ludwig nie auch nur ansatzweise erstrebenswert vorgekommen.

Eigentlich hatte er der Liebe schon lang abgeschworen. Sein Stand würde keine echte Liebe, keinen solchen Traum zulassen, das hatte er schon als kleines Kind gewusst.

Sicher, er könnte heiraten, doch dann würde er nur eine unschuldige Person in die Katastrophe hineinziehen, die sonst glücklich hätte weiterleben können.

Liebe war etwas für die einfachen Menschen, und Adelshochzeiten waren etwas für egoistische Männer.

Ludwig würde König sein und kein Ehemann.

Das einzige Problem, das sich ergab, war die Frage nach dem Thronfolger, denn früher oder später müsste die Nachfolge geregelt werden, doch darüber wollte Ludwig noch gar nicht nachdenken.

Nein, Elisabeth hatte ihm gar nichts genommen, sie hatte seine ohnehin schon feststehende Entscheidung nur bestärkt.

Und selbst, wenn.

Er konnte ihr gar nicht böse sein.

Noch einmal sah Ludwig sie von oben bis unten an.

Ihm steigen Tränen in die Augen, eine unglaubliche Wut über die ganze Welt erfüllte ihn.

Es war egal, dass er sein Leben lang keine Liebe finden würde. Damit konnte er umgehen.

Aber er würde es der Welt nie verziehen können, was sie mit seiner fröhlichen Spielgefährtin gemacht hatte.

Sie hatte das nicht verdient, und Ludwig hoffte, dass sie das wusste.

Kaiserin Sisi, ein wunderschönes Abbild von Trauer und Schmerz, ein Tragödie wie von Schiller geschrieben, gefangen in einem unschuldigen Mädchen.

Mindestens konnte sie sich sicher sein, dass sie nach dieser Hölle auf Erden irgendwann in den Himmel kommen würde.

Der kleine Funken Hoffnung blieb ihr.

Wenn Gott Ludwigs Gedanken kannte, dann würde ihm die Hölle noch lang genug bevorstehen.

Er musste sich vor sich selbst schützen, vielleicht konnte das ihn noch irgendwie retten, wahrscheinlich würde er ein Leben lang allein bleiben müssen, um nach dem Tod Frieden zu finden.

Da wären ihm ein paar Jahre Hölle auf Erden doch lieber.

12.KAPITEL

03. FEBRUAR 1863, MÜNCHEN

Es war fast dunkel.

Durch die kahlen Baumkronen schien das wenige Licht, das die Sonne noch hergeben wollte, in den Wald hinein.

Es würde keine halbe Stunde mehr dauern, bis sie nichts mehr sehen könnten, und kälter wurde es auch schon, noch kälter als tagsüber.

Ludwig steckte seine Hände in die Taschen seines Mantels, um sie warm zu halten.

Seine Füße spürte er trotz der schweren Stiefel eh schon nicht mehr.

„Vielleicht hätten wir etwas früher aufbrechen sollen, eure königliche Hoheit."

Paul lief direkt neben Ludwig, auf er hatte die Hände in den Manteltaschen vergraben und fror.

Ludwig schwieg.

Nein.

Wenn sie noch früher aufgebrochen wären, dann hätten sie weitere Begleiter mitnehmen müssen und wären wahrscheinlich auf einige Leute getroffen, und das wollte Ludwig vermeiden.

Er fror lieber.

„Wir sollten umkehren, Kronprinz Ludwig. Nicht, dass ihr euch noch erkältet."

Pauls Stimme zitterte, er musste wirklich sehr frieren.

„Noch nicht."

Ludwig hatte den ganzen Tag über drinnen gesessen. Er musste sich noch etwas bewegen, sonst würde er die ganze Nacht wachliegen.

„Wir sollten mindestens auf die befestigten Wege zurückkehren. Es ist gefährlich, wenn es dunkel wird."

„Nein."

Ludwig hatte den Blick noch immer auf den Boden gerichtet.

Sie liefen seit etwa einer halben Stunde querfeldein durch den Wald, der Schnee war hier so tief, dass jeder Schritt unglaubliche Anstrengung erforderte.

Trotzdem.

Keine befestigten Wege.

Dort waren Menschen.

„Eure königliche Hoheit…", Paul begann den Satz, doch endete dann mit einem Seufzen.

Ein schlechtes Gewissen stieg in Ludwig auf.

Es tat ihm leid, dass er Paul hier mit sich durch die Kälte schleppte, doch es war nicht zu vermeiden gewesen.

Er wollte keine andere Gesellschaft und doch nicht alleine sein.

Nein, auf gar keinen Fall wollte er alleine sein, mit seinen Gedanken und Gefühlen.

Die hielten ihn schon nachts wach.

Ja, eigentlich hatte er sich auch geschworen, Abstand von Paul halten zu wollen.

Eigentlich funktionierte das auch ganz gut, seit den Vorkommnissen in Berchtesgaden hatten sie kein tiefgründiges Gespräch mehr geführt, Ludwig antwortet Paul kurz und emotionslos und vermied, wenn möglich, Zweisamkeit.

Doch manchmal gab es diese Tage, an denen er niemand anderen ertragen und doch nicht allein sein konnte.

Diese Tage waren eigentlich Ausnahmen, doch Ludwig ertappte sich dabei, wie sie doch immer häufiger wurden.

Besonders im kalten Winter in München.

Ludwig wusste, dass er sich selbst keinen Gefallen damit tat, Zeit mit Paul zu verbringen.

Ja, kurzzeitig kam dann diese Leichtigkeit wieder, das warme, kribbelnde Gefühl und ein kleiner Moment, in dem einfach Alles gut war.

Doch die Tage, Stunden danach waren wie ein Entzug.

Denn Ludwig konnte seine Gedanken nicht einfach abstellen.

Er wollte mehr von Paul als nur die Freundschaft, und dieses Verlangen wurde jedes Mal, wenn sie sich sahen, jedes Mal, wenn Ludwig seine Stimme oder auch nur seinen Namen hörte, stärker.

Er wusste gleichzeitig ganz genau, dass es falsch war.

So oft hatte er allein in der Schlosskapelle gesessen und gebetet, gebeichtet, allerdings nicht im Beichtstuhl, denn dann hätte der Pfarrer davon erfahren.

Nein, niemand durfte es erfahren, niemals.

Unzählige Male hatte er abends in seinem Bett gelegen, geweint und gefleht.

„Bitte, Gott, womit habe ich das verdient?"

War es seine Schuld?

War er krank?

Aber wie sollte eine Krankheit geheilt werden, mit der man nicht einmal zum einem Arzt gehen konnte?

Ludwig wusste, dass es sinnvoller gewesen wäre, Paul irgendwie loszuwerden.

Das hätte er durchaus geschafft, irgendwie, aber er brachte es einfach nicht übers Herz.

Ein Leben ohne Paul, das wäre so…grau.

Den Schmerz konnte man nicht mit den glücklichen Momenten aufwiegen, niemals.

Ludwig verstand, was Elisabeth gemeint hatte.

Er wusste ganz genau, dass das, was er tat, falsch war. Dass er sich selbst damit wehtat.

Aber er tat es trotzdem.

Liebe machte dumm.

Gleichzeitig sehnte Ludwig sich so sehr nach einem richtigen Gespräch mit Paul.

Er hatte es nicht verdient, dass Ludwig so abweisend zu ihm war, er hatte nichts getan.

Paul war einfach nur da, er war in Ludwigs Leben gekommen, wahrscheinlich sogar nicht mit der Intention, ihm zu helfen, doch es wäre wahrscheinlich besser gewesen, wenn sie sich niemals kennengelernt hätten.

Nur noch ein einziges Mal.

Das sagte Ludwig sich jedes Mal, und in dem Moment, in dem er Paul rufen lies, wusste er schon, dass er sich schon wieder eiskalt selbst belogen hatte.

Er zerstörte sich selbst und zog Paul noch in die Katastrophe mit hinein, ganz bewusst.

Und doch war er nicht fähig, irgendetwas zu tun.

Er fühlte sich, als stände er daneben und würde beobachten, wie Alles, einfach Alles kaputtging, doch er war wie gelähmt und konnte nicht eingreifen.

Doch wenn nicht einmal er es konnte, wer dann? Niemand.

Die Lage war ziemlich hoffnungslos.

„Ludwig. Wir müssen umkehren. Es ist stockdunkel." Paul war einige Meter hinter Ludwig stehen geblieben und hatte die Arme vor der Brust verschränkt.

Er weigerte sich, weiterzugehen.

Ludwig drehte sich um und sah ihn an. Paul hatte ganz blaue Lippen, er zitterte am ganzen Körper.

Ludwig blickte auf seine eigenen Hände- aus ihnen war auch jede Farbe gewichen, er glaubte, einen Hauch von blau unter seinen Fingernägeln zu erkennen.

Der Wald um sie herum war schwarz, Ludwig konnte den Mond im bewölkten Himmel nicht entdecken.

Paul hatte Recht.

Natürlich hatte Paul Recht, sie hätten eigentlich schon lang umkehren sollen.

Ludwig hatte zwar nicht völlig die Orientierung verloren, notfalls konnten sie immer noch den tiefen Fußstapfen im Schnee folgen, um zurück zum Schloss zu gelangen, aber die stechende Kälte wurde langsam gefährlich, der lange Rückweg würde noch einige Zeit erfordern.

Paul hatte Recht, aber Ludwig war das ziemlich egal.

Er wollte weiter.

Er wollte nicht nachhause, in sein einsames Zimmer in dem riesigen Schloss in der riesigen Stadt, allein mit seinen Gedanken, er wollte sich nicht wieder die ganze Nacht lang in seinem Bett herumwälzen, um am Ende doch nicht schlafen zu können.

„Nein." sagte Ludwig.

„Ich gehe weiter."

Wohin auch immer.

Plötzlich spürte Ludwig eine Hand an seiner Schulter.

Eine Hand, die er sofort erkannte.

Er fuhr zu Paul herum, der ihm direkt in die Augen sah.

Er stand direkt hinter Ludwig, so nah, dass er die Sorge in Pauls Gesicht erkennen konnte.

Paul war wohl der einzige Mensch auf der Welt, der selbst besorgt gut aussah.

Und es schien, als ob er ganz genau wusste, welchen Einfluss er mit diesem Blick auf Ludwig hatte.

Wusste er es?

„Warum?" fragte Paul. „Friert ihr nicht?"

Doch, Ludwig fror unglaublich.

„Nein, ich friere nicht."

Was für eine Lüge.

„Ihr müsst auf eure Gesundheit achten. Nicht, dass ihr euch erkältet…Ich mache mir Sorgen."

In diesen Augen lag so viel Wahrheit.

So viel Gutes.

Egal, wie sehr Ludwig es versuchte, er konnte Paul einfach nicht böse sein.

Aber das musste er jetzt.

Ludwigs Muskeln verkrampften sich.

Jetzt oder nie.

Er konnte sich jetzt befreien. Für immer.

„Geh, Paul."

Bloß nicht emotional werden.

„Haltung, Anstand, immer. Bloß nicht die Maske abnehmen"- die Worte von Elisabeth hallten in Ludwigs Kopf wider.

Er musste die Maskerade aufrechterhalten.

Und was, wenn es nicht mehr ging?

Dann musste er schnell von der Bühne verschwinden.

Paul starrte Ludwig nur ungläubig an.

„Wie?"

Plötzlich schoss Ludwig das Blut in den Kopf.

„Geh! Ich möchte alleine sein! Nein, ich möchte dich nicht bei mir haben! Du tust mir nicht gut"

Ludwig erschrak selbst, als er hörte, wie er schrie.

Hatte er das gerade wirklich gesagt?

Einige Sekunden lang herrschte Stille.

Paul senkte den Kopf und machte einen Schritt zurück, er ließ seine Hand von Ludwigs Schulter gleiten.

„Ludwig, ich…was ist nur passiert? Habe ich etwas falsch gemacht?"

Pauls Stimme klang ganz ruhig. Verletzt, unglaublich verletzt, aber ruhig.

Das machte Ludwig noch wütender, nicht auf Paul, sondern nur auf sich selbst.

Was tat er da?

Er war ein Monster.

Hätte Paul ihn doch mindestens angeschrien, dann hätte er einen Grund, um wirklich wütend zu sein.

Konnte Paul nicht einmal auch etwas falsch machen?

Ludwig hielt es nicht aus, immer der Böse zu sein.

Er konnte Paul nicht einmal mehr in die Augen sehen.

Paul verdiente das Alles nicht.

Die Maske.

Sie war alles andere als festgewachsen, sie glitt langsam aber sicher von seinem Gesicht.

Weg.

Schnell.

Ludwig wandte sich von Paul ab, als ihm Tränen in die Augen stiegen.

Abgang.

In dem tiefen Schnee konnte man nicht schnell rennen, aber Ludwig war sich sicher, dass Paul ihn nicht lange verfolgen würde.

Dafür hatte er zu viel Anstand.

Dafür war er zu gut.

Paul würde nie etwas tun, womit er Ludwig schaden könnte.

Er war ein guter Freund, wahrscheinlich der beste, den Ludwig je haben würde, und doch tat er ihm so sehr weh.

Ludwig sah sich um.

Da war nur noch Dunkel.

Trotzdem lief er noch weiter.

Ja, vielleicht war es feige, ständig vor Allem wegzurennen, seine Gefühle zu leugnen und sich selbst anzulügen.

Aber dann war Ludwig eben nicht mutig.

Und war es nicht besser, einen Kampf, den man eh nicht gewinnen konnte, gar nicht erst zu beginnen?

War es nicht besser, zu kapitulieren, als seine ganze Armee auf dem Schlachtfeld zu verlieren?

Manche Menschen waren geboren, um anzuführen, um mit gutem Beispiel voranzugehen und ein Vorbild zu sein.

Die Preußen waren wohl solche Menschen.

Sein Großvater.

Vielleicht auch sein Vater.

Aber er nicht.

Ludwig war außer Atem, er ließ sich in den Schnee sinken und lehnte den Rücken an einen Baumstamm.

Er hörte nur seinen eigenen Atem.

Sonst war Alles still.

Der Schnee war nass und kalt, aber Ludwig wollte nicht aufstehen.

Eigentlich war es auch völlig in Ordnung, wenn er hier sitzen bleiben und erfrieren würde.

Dann wäre es zumindest vorbei.

Das einzige, was ihn davon abhielt, sich umzubringen, war wohl die Angst vor dem, was danach kommen würde.

Er war sich sicher, irgendetwas würde danach kommen, und für ihn wäre es wahrscheinlich die Hölle.

Er hatte Sünden begangen, und seine größte Sünde hatte er nicht einmal gebeichtet.

Er faltete seine eiskalten Hände und schloss die Augen.

Wenn er nicht in der Kirche beichten konnte, dann musste er es eben allein tun.

Natürlich, das war nicht das Gleiche, aber echte Reue und Einsicht würden seine Strafe vielleicht mindern.

„Bitte, Herr, vergib mir meine Sünden…"

Es war das erste Mal, dass er laut aussprach, was er getan hatte.

Er schämte sich.

„Vergib mir, dass ich Paul liebe."

Ludwig Stimme zitterte.

Es war die Wahrheit.

Er liebte Paul.

Noch während er sprach, begann er, zu weinen.

Sein ganzer Oberkörper schmerzte.

Mit schwacher Stimme betete er noch dreimal hintereinander das Vaterunser.

„Amen." flüsterte er in die Dunkelheit und kauerte sich dann wie ein kleines Kind im kalten Schnee zusammen.

Wer auch immer ihn holen wollte, sollte das jetzt tun.

Er hatte alles, was in seiner Macht stand, versucht.

Warum war er nur so schwach?

Warum hatte Gott ihn an diese Stelle gesetzt, an der er doch so stark sein musste, sein ganzes Leben lang?

Jeder Bauer wäre wohl besser für den Thron geeignet als ein weinender Kronprinz, der ihm Wald erfror, weil er vor lauter Herzschmerz nicht aufstehen konnte.

Einige Sekunden vergingen.

Stille.

Nur Ludwigs unregelmäßiger Atem und das Weinen.

Und dann, plötzlich, spürte er die Kälte.

Stechend drang sie in seinen ganzen Körper ein, wie tausende Nadeln.

Er öffnete die Augen.

Alles tat weh.

Ludwig raufte sich die Haare und stützte den Kopf mit seinen Händen, und dann ging Alles ganz schnell.

Er sprang auf und rannte den Weg durch den Schnee zurück, folgte seinen eigenen Spuren und lief immer noch weiter, als er außer Atem war.

Woher diese Energie kam, konnte er sich nicht erklären, doch er dachte auch nicht darüber nach.

Wahrscheinlich war es einfach nur der letzte Überlebenswille seines Körpers, der ihn dazu zwang, aufzustehen.

Erst, als er die Tür seines Schlafzimmers hinter sich geschlossen hatte, konnte Ludwig wieder einen klaren Gedanken fassen.

AN die letzten Minuten konnte er sich gar nicht mehr richtig erinnern, dafür hallten die Worte, die er zu Paul gesagt hatte, in seinem Kopf wider.

„Ich möchte dich nicht bei mir haben."

Das hätte Ludwig nicht sagen sollen, denn es war die größte Lüge der Welt.

„Du tust mir nicht gut" war wiederum die absolute Wahrheit gewesen.

Aber das war nicht Pauls Schuld.

Er hatte nichts falsch gemacht, auch, wenn er das dachte.

Paul machte sich jetzt wahrscheinlich Vorwürfe, das hatte Ludwig nicht gewollt.

Paul zu verletzten war das Letzte, was er gewollt hatte, und doch war es nötig gewesen, um endlich aus diesem Teufelskreis zu entkommen.

Paul wusste es nicht, aber Ludwig hatte das Richtige für sie beide getan.

Bestenfalls war Paul jetzt so verletzt, dass er nie wieder ein Wort mit Ludwig sprechen und vielleicht von sich aus gehen würde.

Dann wäre der Schmerz für Paul vorbei, vielleicht konnte er Ludwig sogar von ganzem Herzen hassen.

Dann wäre er frei.

Ludwig wäre allein mit seinem Liebeskummer.

Er würde Paul schrecklich vermissen, das tat er sogar jetzt schon.

Aber er konnte, er musste das aushalten, denn am Ende war es seine Schuld, dass alles so geendet hatte.

13.KAPITEL

TRAUM

" 17.JUNI 1863, MÜNCHEN "

Die Marienbrücke.

Ein Ort, den Ludwig gut kannte, hier war er oft mit seiner Mutter hingewandert, die wenigen schönen Erinnerungen, die er mit ihr teilte, waren hier entstanden.

König Maximilian hatte die Brücke für seine Frau errichten lassen.

Ein Geburtstagsgeschenk, das einer Königin würdig war.

Marie war stolz drauf, dass es eine Brücke gab, die ihren Namen trug, und dann auch noch an so einem schönen Ort, etwas 30 Meter über der Pöllatschlucht gelegen diente die Marienbrücke als ein unvergleichlicher Aussichtspunkt auf das Tal und die Natur rund um sie herum.

Von der Marienbrücke aus konnte man außerdem die Burgruine Vorderhohenschwangau beobachten, die verfallenen Überreste einer mittelalterlichen Doppelburg aus dem 11. Jahrhundert.

Ludwig war immer etwas übel geworden, wenn er auf der Brücke gestanden hatte.

Er fühlte sich in der Höhe gar nicht wohl, und besonders vertrauenswürdig wirkte der hölzerne Reitersteg auch nicht auf ihn, mit jedem Schritt über die Brücke knirschte sie unter den Füßen und ächzte bereits im leichten Sommerwind.

Es war schon einige Jahre her, dass Ludwig zum letzten Mal hier gestanden hatte.

Er ging nicht mehr oft mit seiner Mutter wandern.

Er verbrachte allgemein so wenig Zeit wie nur möglich mit ihr, ihre Art widerte ihn zunehmend an, es war kaum zu ertragen.

Entweder beschwerte sie sich über irgendetwas, was ihr Ehemann getan hatte oder über etwas, was Ludwig getan hatte.

Manchmal schwieg sie auch nur vorwurfsvoll.

Alle drei Optionen waren schrecklich für ihren Sohn, der seine Kränkung hinter einer emotionslosen Fassade zu verstecken versuchte.

Natürlich tat ihm seine Mutter leid, aber was sollte er tun?

Er konnte ihr nicht helfen, und das war auch nicht seine Aufgabe. Und so sehr Ludwig sich auch dagegen wehrte, es tat weh, zu hören, wie die eigenen Mutter pausenlos über den Vater herzog und nur so nach Fehlern suchte.

Andererseits konnte Ludwig es verstehen, er mochte seinen Vater selbst nicht besonders.

Aber er konnte nichts tun, und das machte ihn verrückt. Er konnte nichts dagegen tun, dass seine Mutter seinen Vater verabscheute, er konnte nichts dagegen tun, dass sie immer etwas finden würde, was sie an ihrem Sohn kritisieren konnte.

Er hatte es versucht, aber es war sinnlos.

Wahrscheinlich war das Schweigen die beste Option.

Ludwig sah vorsichtig nach unten.

Er stand in der Mitte der Brücke, weit entfernt vom festen Boden, und sah unter sich die Schlucht.

Es war eigenartig, dass er keine Angst hatte.

Er war nicht einmal nervös, alles in ihm war ganz entspannt und ruhig.

Um Ludwig herum war nur der dunkle Wald.

Erst jetzt realisierte er, dass es mitten in der Nacht war.

Nicht einmal der Mond war zusehen, einige Wolken am Himmel verdeckten ihn.

Eigentlich hätte es stockdunkel sein müssen, aber Ludwig konnte seine Umgebung gut erkennen.

Es wirkte fast so, als wäre er von einem Ring aus Licht umgeben.

Seine Hände lagen auf der hölzernen Brüstung.

Hier musste er vorsichtig sein, aus dem Holz konnten schnell Splitter in seine Hände stechen.

Leise zog ein Wind durch die Baumkronen.

Es fühlte sich an, als würde die ganze Brücke schwanken.

Ludwig hielt sich fester an der Brüstung fest.

Es fühlte sich nicht nur so an, die Brücke schwankte wirklich, erst leicht, dann wie eine Schaukel, vor und zurück.

Der Wind wurde immer stärker.

Das Holz der Brücke ächzte.

Der Wind begann, um Ludwigs Ohren zu wehen. Plötzlich war es kalt.

Es war tönendes Brausen rund um Ludwig herum, die Geräusche taten in seinen Ohren weh, er wollte sie zuhalten, doch er musste sich mit den Händen an der Brüstung festklammer, um nicht herunterzufallen.

Ludwig kniff die Augen zu, am Liebsten wollte er schreien, doch aus seinem Mund kam kein Ton heraus.

„Hilfe" dachte er, „Hilfe, ich sterbe!"

„Und dann kommst du in die Hölle." schrie der Wind.

„Dort wirst du für alle Ewigkeit für deine Sünden büßen müssen, Unzucht, widerwärtiges Geschöpf!"

Die Brücke schwankte mittlerweile so stark, dass Ludwig nur noch durch das Festhalten dem Fall in die Schlucht entgehen konnte.

Doch der Wind wurde nicht leiser.

„Und so etwas im bayrischen Königshaus! Was bist du für eine Enttäuschung für deine Familie, für

Gott, der dich an deine Stelle gesetzt hat, für dein Land, für deine Kirche?"

„Hör auf" dachte Ludwig, er kniff seine Augen zu, doch das half nicht gegen den Wind, der ihn nun von allen Seiten anzuschreien schien, von links, rechts, oben und unten, und von überall gelangten seine Worte wie Pistolenkugeln direkt in Ludwigs Herz, sie explodierten dort und richteten ein Massaker an.

„So einen Versager wie dich, Ludwig Otto Friedrich Wilhelm von Bayern, hat es noch nie gegeben. ein König willst du sein, und dabei kannst du nichts weiter als in deinem Zimmer sitzen und Bücher lesen!"

Die Worte taten so sehr weh.

„Du bist kein König. Du bist ein Schwächling. Du kannst nicht kämpfen, du bist nicht stark oder mutig und nicht einmal eine Frau lieben kannst du!"

Ludwig wollte schreien, er wollte dieser Stimme, die von dem brausenden Geheul des Windes zu einer wütenden Männerstimme geworden war, befehlen, auf der Stelle leise zu sein.

Wer auch immer da mit ihm sprach, Ludwig wollte ihn wegschicken.

Das durfte dieser jemand nicht.

So sprach man nicht mit einem König.

Aber Ludwig konnte nicht. Er konnte nicht einmal die Augen öffnen, er spürte nur seine Hände und die Splitter des Holzes, die sich in seine Handflächen bohrten und den sich ständig bewegenden

194

Boden unter seinen Füßen, und er hörte diese Stimme, die einfach nicht ruhig wurde.

„Ewig wirst du im Fegefeuer brennen, nur für deine Gedanken, für das, was du dem armen Paul angetan hast, für die Enttäuschung , die dein Vater spüren musste, als er dich aufwachsen war und für die Einsamkeit deiner Mutter.

Für all das was du Otto angetan hast. Dein kleiner, unschuldiger Bruder, der ein besserer König geworden wäre als du, weil er ein richtiger Mann ist.

Ludwig, du bist eine Enttäuschung!"

Das war genug.

Ludwig konnte nicht mehr.

Er riss die Hände weg von der Brüstung und presste sie mit aller Kraft auf seine Ohren, er konnte das nicht mehr hören.

Im selben Moment begann er, zu fallen.

Kurz fühlte es sich an, als würde er fliegen.

Plötzlich war es still.

Kein Wind.

Keine Stimme.

Ruhe.

Die letzten Sekunden seines Lebens.

17 Jahre war Ludwig alt geworden.

Drei Monate vor seinem 18. Geburtstag war der Kronprinz umgekommen.

Unglücklich gestürzt, auf einer nächtlichen Wanderung.

So würde es in den Zeitungen stehen.

Vielleicht würde die Marienbrücke in Zukunft nach ihm benannt werden.

Seine Mutter würde ihn dafür hassen, dass er ausgerechnet von ihrer Brücke gefallen war.

Das war fast schon egoistisch.

Ludwig schmunzelte.

Sollte sie ihn doch hassen.

Er war eh so gut wie tot.

Er hatte nichts mehr zu verlieren.

Ludwig breitete die Arme aus.

Einige Sekunden würden ihm noch bleiben, bis er auf den harten, spitzen Steinen unten in der Schlucht aufschlagen würde.

Ob er den Aufprall überhaupt noch spüren würde?

Sicher nur kurz, einen Sturz aus dieser Höhe in die Schlucht konnte man nicht überleben.

Wann man ihn wohl finden würde?

Es war Nacht, vielleicht suchte man Ludwig schon.

Warum war er überhaupt zu der Brücke gewandert, in der Dunkelheit?

Ludwig konnte sich nicht daran erinnern.

Wer auch immer ihn finden würde, dem würde sich kein schöner Anblick bieten.

Sie würden seine Überreste sammeln und sie irgendwie so herrichten müssen, dass er aufgebahrt werden konnte.

Würde er überhaupt aufgebahrt werden?

Ludwig war ja kein König, er würde niemals König werden.

17 Jahre alt.

Jeden Moment müsste der Aufprall kommen.

Aber er kam nicht.

Ludwig öffnete die Augen, er fiel nicht mehr.

Um ihn herum war es stockdunkel.

Er stand auf festem Boden, aber Ludwig konnte nicht erkennen, aus welchem Material dieser war.

Überall war nur unendliches Schwarz.

Plötzlich leuchteten im Dunkel Punkte auf.

Sie wurden immer größer und schienen sich Ludwig zu nähern.

Er erkannte dass es Menschen waren.

Langsam schritten sie näher an ihn heran.

Ludwig erkannte Sybille, sie hielt Helene von Dönniges an der Hand.

Helene war eine junge Frau, sie wirkte etwas verloren und sah unsicher zu Sybille hoch.

Sybille lächelte Ludwig wohlwollend an.

Da war Elisabeth, mit einem Kind auf dem Arm.

Sie lief neben dem österreichischen Kaiser.

Sie sah traurig aus.

Grau.

Einer der Punkte kam nicht langsam näher, sondern rannte ausgelassen auf Ludwig zu.

Es war Otto.

Er hielt einen seiner Zinnsoldaten in der Hand und lächelte seinen großen Bruder breit an.

Ludwig musste es erwidern.

Etwa einem Meter von Ludwig entfernt blieben all die Menschen stehen und sahen ihn stumm an.

Es wurden immer mehr.

Mit schweren Schritten kam seine Mutter heran, sie blickte streng auf ihren Sohn.

Möglichst weit von Marie entfernt stellte sich König Maximilian auf.

Sein Blick war fast identisch zu dem seiner Ehefrau.

Enttäuschung, gepaart mit einem bisschen Wut.

Ludwig erkannte seinen Erzieher, die Lehrer, die ihn unterrichtet hatten, Otto von Bismarck und seinen Kaiser.

Sie standen alle in einem Kreis um ihn herum, der immer enger zu werden schien.

Sie liefen nicht auf ihn zu, doch trotzdem rückten sie näher an Ludwig heran, er spürte die Blicke auf sich lasten und begann, zu schwitzen.

Er fühlte sich unwohl, er wollte hier raus. Sofort.

Panisch drehte Ludwig sich um, doch der Kreis war geschlossen.

Es gab keinen Ausweg.

Ludwigs Nasenspitze war nur noch wenige Zentimeter von der seines Vaters entfernt, der genau vor ihm stand.

Sie kamen immer näher.

Ludwig schloss die Augen und versuchte, ruhig zu atmen, aber es hatte keinen Zweck.

Er bekam Panik.

Sein ganzer Körper begann, zu zittern, dann spürte er seine Beine nicht mehr, er sah alles nur noch verschwommen und hinter seiner Stirn pochte es.

Er wollte die Menschen wegschieben oder selbst losrennen, doch es ging nicht.

Er hatte keinerlei Kontrolle über seinen Körper.

Ludwig spürte ein Atmen an seiner Schulter.

Die Leute standen zu nah an ihm.

Viel zu nah.

„Geht!" schrie er, mit letzter Kraft, dann brach er auf dem schwarzen Boden zusammen.

Für einige Sekunden verharrte Ludwig dort mit geschlossenen Augen, dann blickte er auf.

Er war wieder alleine.

Nein.

Da war noch jemand, einige Meter entfernt.

Langsam stand Ludwig auf und machte einige Schritte auf den jungen Mann zu.

Es war Paul.

„Ich werde bleiben, auch, wenn ihr mich wegschickt. Mit dem nötigen Abstand."

Paul nickte ihm zu und verschwand dann auch in der Dunkelheit.

Ludwig hatte Tränen in den Augen.

Er wollte Paul hinterherrennen, doch er konnte es nicht.

Er war wieder allein, doch plötzlich war es umhin herum nicht mehr so dunkel.

Weit weg, am Horizont, konnte er die Umrisse eines Gebäudes erkennen, es waren Türme, die hoch in den Himmel ragten.

Langsam ging Ludwig au die Türme zu, der schwere Hermelinmantel schleifte beim Gehen auf dem Boden.

Ludwig sah an sich herunter, er konnte es nicht glauben.

Auf seinen Schultern lag der Königsmantel.

Als er von der Brücke gefallen war, hatte er noch einen normalen, leichten Mantel und seine Wanderstiefel getragen, doch jetzt trug er eine saubere Uniform und darüber den bodenlangen Mantel.

Auf seiner Brust waren Orden befestigt, der Wittelsbacher Hausorden, der Georgiritterorden und der Hubertusorden, Ludwig erkannte sie sofort.

Reflexartig fasste Ludwig an seine Haare.

Seine Erwartung wurde nicht enttäuscht.

Das eiskalte, reine Gold fühlte sich kalt an, seine Finger kribbelten, als sie über die zahlreichen Edelstein fuhren.

Diamanten, Rubine und Smaragde.

Die Krone.

Vorsichtig hob Ludwig sie von seinem Kopf, um sie genauer betrachten zu können.

Sie war wunderschön.

Die Krone wurde eigentlich nicht getragen, aber ihm hatte sie perfekt gepasst, genauso wie der Mantel.

Ludwig setzte sich die Krone wieder auf den Kopf und richtete den Blick auf das, was sich am Horizont offenbarte.

Das war kein gewöhnliches Gebäude.

Die Türme waren schneeweiß, sie schienen fast den Mond zu berühren, der direkt über dem Schloss stand, als würde auch er es betrachten.

Wie ein König erhob sich dieses Schloss über dem Wald, der es umgab, die Natur schien sich vor ihm zu verneigen.

Der weiße Stein, es musste wohl Kalkstein sein, glänzte majestätisch im Licht des Vollmondes, als würde er von einem Scheinwerfer beschienen werden.

Ludwig konnte den Blick nicht für eine Sekunde von dieser Schönheit abwende, doch er wusste ganz genau, wo er sich befand.

Er war wieder auf der Marienbrücke, über der Pöllatschlucht und blickte auf den Ort, an dem er die Ruinen der alten Doppelburg Vorder- und Hinterhohenschwangau unzählige Male gesehen hatte.

Doch dort stand nun dieses Schloss, das wunderbarste, was er jemals gesehen hatte.

Leichte Nebelschwaden hatten sich um die Türme gelegt, auch sie wollte nah an diesem wunderschönen Bauwerk sein.

Hinten im Wald rief ein Uhu.

Ludwig lehnte sich über die Brüstung der Brücke, ohne nachzudenken.

Er fühlte sich plötzlich so unglaublich sicher an dem Ort, an dem er gerade eben die schlimmsten Sekunden seines Lebens erlebt hatte.

Er hatte noch nie etwas so Schönes gesehen.

Das Schloss sah aus, wie eine romantische, wunderschöne Ritterburg, nur ohne all die hässlichen Schussanlagen.

Es wirkte friedlich und doch so beschützend und respekteinflößend.

Langsam streckte Ludwig seine Hand nach dem Schloss aus, als könne er es so berühren.

Er lehnte sich noch ein weiteres Stück über die Brüstung.

Dann verlor er das Gleichgewicht und stürzte ein zweites Mal stumm in die Schlucht.

Als er aufwachte, schoss ein stechender Schmerz durch seinen ganzen Körper, sodass Ludwig sofort aufrecht im Bett saß.

Er riss die Augen so weit auf, wie er nur konnte, und kniff sich sofort in den Arm.

Er war wach.

Es war vorbei.

Er war nicht tot.

Nur ein Traum.

Nichts weiter.

Mit schnellen und unregelmäßigen Atemzügen stand Ludwig auf.

Er fror, obwohl es mitten im Sommer war.

Ludwig legte sich eine Decke über die Schultern und setzte sich an seinen Schreibtisch, dann begann er, zu zeichnen.

Wie in einer Trance brachte er die Umrisse des Schlosses auf das Papier, seine Hand zeichnete wie von selbst, ohne, dass er überhaupt darüber nachdenken musste.

Er durfte das weiße Traumschloss im Nebel niemals vergessen.

„Die Heimat des Schwanenritters.", schrieb Ludwig geschwungen über seine Skizze, dann sah er aus dem Fenster.

Wie gerne er jetzt in Schwangau gewesen wäre, mit dem Blick auf die Stelle, an der er im Traum das Schloss gesehen hatte.

Ob er auf der Jugend, dort, wo jetzt die Ruinen standen, wohl wirklich eines Tages so ein Schloss bauen könnte?

Sein Vater nur hatte eine frühere Burgruine zum Schloss Hohenschwangau umbauten lassen, doch sein Großvater, König Ludwig I, hatte riesige Bauprojekte gestartet.

Warum sollte das ihm als König nicht auch zustehen?

Ludwigs Augen wanderten wieder zu der Skizze auf seinem Schreibtisch, langsam fuhr er mit dem Zeigefinger über die Umrisse des Schlosses.

Es wäre das schönste Schloss, was die Welt jemals gesehen hatte.

Schöner, als sich ein Mensch auch nur erträumen konnte.

Und es würde für immer mit seinem Namen verknüpft sein.

König Ludwig II.

Er war nicht gestorben, und wenn er etwas auf sich aufpasste, dann würde sein Vater ihn nicht überleben.

Eines Tages würde Ludwig selbst König sein.

Der Mantel die Krone, sie würden ihm umgelegt und aufgesetzt werden.

Er würde selbst entscheiden können, was er tat und wo er sich aufhalten würde, könnte München auf ewig den Rücken zukehren und bauen, was er wollte.

Vielleicht konnte er sogar ein Stück weit lieben, wen er wollte.

Eines Tages würde er frei sein.

Frei.

Und König.

EPILOG

4:43 Uhr, am 25. August 1863.

Es zogen dichte Nebelschwaden über den dunkelblauen Alpsee, noch kein Vogel war zu hören, nur das Gras raschelte unter Ludwigs Schuhen, wenn er hindurchlief.

Es war noch kühl, eigentlich sogar unangenehm kalt, aber das machte ihm nichts aus.

So früh am Morgen, wenn die Nacht noch näher war als der Tag, war es am Schönsten in Schwangau.

Ludwig atmete die kühle Nachtluft tief ein, sie kribbelte in seiner Lunge und lies einen Schauder durch seinen ganzen Körper fahren.

Die Kälte ließ ihn spüren, dass er tatsächlich am Leben sein musste, ohne Zweifel.

4:45 Uhr.

Ludwig war am Ufer des Sees angekommen und bereitete konzentriert seine Angel vor.

Es war eine einfache Rute, so eine, wie sie auch die Menschen im Dorf besaßen, aber sie tat ihren Dienst.

Ludwig ließ den Blick über den See, hinüber zum Dorf und nach oben auf die Berge schweifen.

Am Horizont glaubte er, schon die ersten zaghaften Sonnenstrahlen zu sehen, aber vielleicht bildete er sich das auch nur ein.

Der Kronprinz warf seine Angel aus und setzte sich im Schneidersitz an das Ufer, wissend, dass seine Hose vom Morgentau im Gras nass und kalt werden würde.

Aber das war ihm egal.

Er wollte jede Art von Gefühl, das er irgendwie bekommen konnte, spüren, selbst, wenn es das Gefühl war, welches ein kalter Hosenboden verursachte.

Die letzten Wochen hatten sich so unecht angefühlt.

Seit dem Traum von dem wunderschönen Schloss schaffte er es, die negativen Gefühle nicht mehr so nah an sich heran zu lassen.

„Eines Tages werde ich frei sein."

Diesen Satz sagte Ludwig zu sich selbst, wenn ihm Alles zu viel wurde.

Es war, als hätte der Himmel ihm mit dem Mantel und der Krone in diesem Traum schon ein Versprechen gegeben, ihm die Königswürde ein weiteres Mal zugestanden.

Ludwig hatte sich bestätigt gefühlt.

Es war kein Zufall oder Fehler, dass er Kronprinz war.

Gott war noch immer auf seiner Seite.

Das gab Ludwig endlich Frieden.

Ruhe, Stille und Frieden.

Ständig kniff sich Ludwig in den ersten Monaten, um sicherzugehen, dass er nicht träumte, er hatte schon rote Stellen überall am Arm, aber er glaubte einfach nicht, dass das, was passierte, die Realität war oder einfach nur ein Traum.

Er konnte noch nicht sagen, ob es ein Alptraum war, den er traute dem Frieden in seinem Kopf nicht.

Das Leben war einfach seinen Gang gegangen, es war nichts Besonderes passiert, Ludwig hatte weder fliegende Pferde gesehen, noch Trolle oder Kobolde.

Es war etwas anderes, das ihn davon überzeugte, sich nicht in der Realität zu befinden.

Deshalb war er auch jetzt, in aller Frühe und ohne Schlaf, in die Kälte gegangen.

Ludwig konnte sich nicht mehr auf seine Sinne verlassen.

Irgendwie fühlte es sich so an, als passe er nicht in diese Welt, als würde er alles von außen betrachten.

Mal sah er wie ein Erzähler auf alles, was passierte, mal war jede Kleinigkeit romantisch und brachte ihn zum Träumen.

Es war, als hätte jemand eine Decke um Ludwigs Gefühlswelt gelegt: Schön warm, beschützt, aber dumpf.

Das Gegenteil von dem, was vorher gewesen war.

Das vergangene Jahr war ein Auf und Ab der Gefühle gewesen.

Mal hatte er tagelang, erschlagen von seinen Gefühlen, weinend in seinem Bett gelegen und gebetet.

Er hatte Gott zahlreiche Male darum gebeten, dass Alles einfach aufhören würde.

Ludwig hatte sich gefühlt wie ein Schwächling, der nur von seinen Emotionen gelenkt wurd, gefühlt, und er hatte nichts mehr gewollt, als dass das aufhörte.

Auf der anderen Seite stand die Freiheit.

Der Traum.

Die unendliche Freude, die Ludwig verspüren konnte, wenn er nur kurz die Augen schloss und daran dachte, oder wenn er las oder im Theater saß.

Seine Fantasie machte es ihm einfach, glücklich zu sein, er konnte dieses Glück in seinem ganzen Körper spüren, und diese Fähigkeit wollte er auf gar keinen Fall verlieren.

Doch er musste lernen, damit umzugehen.

In den letzten Monaten war es zu seiner Strategie geworden, sich in die Stille zurückzuziehen und zu warten.

Darauf zu warten, dass irgendetwas passierte.

Dass er frei sein würde.

Dass sein Vater starb.

König Maximilian war gesundheitlich in keinem guten Zustand, doch das war schon seit Jahren so.

Ludwig rechnete nicht damit, sehr bald König zu werden, aber der Gedanke daran, dass er es eines Tages werden würde, hielt ihn am Leben.

Mehr noch, die Hoffnung erlaubte es ihm, allgemein ruhiger zu werden.

König Max konnte seinen Sohn anschreien.

Otto konnte doppelt so viel Nachtisch bekommen wie sein Bruder.

Ludwig konnte tagelang in seinem Zimmer sitzen und die Vögel draußen beobachten, sich die Berge ansehen oder im Lohengrin lesen.

Es war, als wäre er unantastbar.

Gepanzert.

War das nicht eigentlich das, was er sich immer gewünscht hatte?

Ja. Gefühllos. Kalt.

Wäre da nur nicht diese eine, verdampfte Schwachstelle.

Die Schwachstelle hatte dunkelbraune Haare, war etwas kleiner als Ludwig und besaß die schönsten Hände der Welt.

Diese Hände…Sie konnten Klavier spielen wie niemand anderes und mit ihrer Musik den Raum schaffen, in dem für einen kurzen Moment alles möglich erschien.

Elf Monate waren seit dem gemeinsamen Urlaub von Ludwig und Paul nun vergangen.

Ein halbes Jahr war es her, dass Ludwig Paul im Wald angeschrien hatte.

Wenn er über Paul nachdachte, dann half es Ludwig nicht, sich darauf zu besinnen, dass er einmal König sein würde.

Denn das war das einzige Problem, was sich dadurch nicht automatisch lösen würde, nein, es würde sich sogar verschlimmern.

Ludwig seufzte.

Einerseits war es wunderschön, in der Stille die Gedanken einmal schweifen lassen zu können, andererseits schwirrten sie nur so in seinem Kopf umher und er wusste gar nicht, worüber er zuerst nachdenken sollte.

Ein einziges Wort, oder eher eine Zahl, stand schon seit Monaten wie eingebrannt in Ludwigs Gedanken.

Sie ließ ihn für keine Sekunde in Ruhe, auch, wenn er davor wegrannte.

Denn vor ihr konnte er nicht ewig wegrennen, und heute war der Tag gekommen, an dem sie hineingehört hatte.

18.

Acht-zehn.

Es war fünf Uhr morgens am 25. August des Jahres 1863.

„Heute haben die beiden Ludwigs Geburtstag"- so etwas sagte man sich im Volk über diesen Tag.

Ludwig war immer froh gewesen, dass er sich seinen Geburtstag mit dem Großvater teilte, so stand er nicht alleine im Mittelpunkt.

Doch heute würde es anders sein.

Ihm stand das Fest der Großjährigkeit bevor, und die folgenden Stunden würden die letzten einsamen in den nächsten Tagen sein.

An Ludwigs Leben würde sich durch das voll-enden des achtzehnten Lebensjahrs auf etwas än-dern, denn solang sein Vater lebte, würde er die Nummer zwei bleiben.

Trotzdem wurde so ein rieseltest Event aus dem Geburtstag gemacht.

Nach langen und nervenaufreibenden Diskussi-onen mit Vater und Mutter hatte Ludwig sie dazu überredet, seinen Geburtstag in Hohenschwangau verbringen zu können und nicht in München feiern zu müssen.

Die Verwandtschaft schreckte das leider trotz-dem nicht ab.

Nun ging wirklich die Sonne auf.

Es waren kaum Wolken am Himmel, ihre jungen Strahlen erhellten bereits jetzt die ganze Landschaft.

Die Farbe des Sees wandelte sich langsam von dem mysteriösen dunkelblau zu einem vertrauens-erweckenden und einladenden, kristallenem Mittel-meerblau.

Ludwig war noch nie am Mittelmeer gewesen, aber so hatte man es ihm beschrieben.

„Wie der Alpsee im Sommer"- das hatte ihm sein Großvater über die griechischen Küsten erzählt.

Aber wozu dann nach Griechenland reisen?

Zufrieden sah Ludwig sich um.

Hier hatte er doch alles, was er brauchte, eigent-lich wollte er für immer hier bleiben.

Allmählich wurde es auch wärmer, Vögel be-gannen, zu singen und ein orangener Schleier legte sich über die Landschaft, als die Sonne hinter den Bergen hervorkam.

Ludwig begann damit, leise vor sich hin zu summen.

Es war ein Stück aus dem Lohengrin, die Auftrittsmelodie des Schwanenritters.

Er schloss die Augen und verließ sich eine kurze Zeit lang nur auf seine andren Sinne.

Er hörte seine eigene kleine Melodie, die Vögel und das Rascheln der Bäume im Wind.

Er fühlte das Gras, das oben schon trocken war, wenn er aber sein Gewicht auf die Handflächen verlagerte, dann spürte er den Morgentau noch immer.

Er schmeckte die kühle Morgenluft, die auf seiner Zunge kitzelte und roch die Brote, die in der Dorfbäckerei bereits gebacken wurden und die Natur, die zum Leben erwachte.

Es war einfach wunderschön.

So musste sich das Leben anfühlen.

Ludwig sah hinauf zu den Bergen, sein Blick verharrte auf der Stelle, an der er die Burgruinen vermutete.

Dort würde eines Tages das Schloss stehen, es passte perfekt in die Landschaft.

Mit den Sonnenstrahlen drang auch plötzlich Glück durch seine Haut.

Das hatte er lange nicht mehr gespürt.

Ein Lächeln breitete sich über seinem Gesicht aus.

Doch plötzlich wurde Ludwigs Summen durch ein weiteres Geräusch unterbrochen.

Er schreckte auf und fuhr herum- hinter ihm knisterte das Gras, etwas lief hindurch.

War es ein Reh?

Nein, das waren die Schritte eines Menschen.

Ludwig öffnete die Augen und flüsterte leise: „Bitte nicht der Graf. Bitte nicht mein Vater."

In diesem Moment merktet allerdings schon, dass diese Sorge eigentlich hinfällig war, denn keine zehn Pferde hätten König Max um 5:15 aus dem Bett bekommen.

Und auch der Graf stand nicht hinter Ludwig.

Es war Paul, der langsam an ihn herantrat.

Paul sah müde aus.

Er lächelte Ludwig leicht an und deutete dann mit fragendem Blick auf den Platz im Gras neben Ludwig.

Ludwig nickte nur schweigend und Paul setzte sich.

Sein Herz pochte so stark und schnell, dass Paul es eigentlich hätte hören können.

Keiner der beiden sagte ein Wort, sie saßen einige Minuten still nebeneinander am Ufer und beobachteten die Natur, es erinnerte Ludwig an ihren ersten gemeinsamen Ausritt auf dem Feld.

Auch diese Momente hätten aus einer Oper sein können.

Pauls Haare waren noch etwas zerzaust, Ludwig fragte

sich, aber er ihm gefolgt oder selbst schlaflos gewesen war.

Kam Paul hier öfter hin?

Der Platz würde zu ihm passen.

Ruhig, friedlich und ganz und gar gut.

Paul war wie die wunderschöne, unberührte Natur.

Und Ludwig war der zerstörerische Bauherr, der die Wälder zu Feldern machen und auf den Wiesen Straßen und Häuser erbauen wollte.

Paul war würde es ohne ihn besser gehen.

Ludwig war der felsenfesten Überzeugung, dass es die beste Lösung für sie beide sei, sich nicht zu nah zu kommen, denn das, was er für Paul empfand, war nicht mehr zu leugnen.

Ja, er liebte ihn.

Wenn es so etwas wie Liebe gab, dann war es wohl das, was Ludwig für Paul empfand, und er hasste es.

Er war gerade einmal 18 Jahre alt, und schon jetzt musste er sich mit Problemen herumschlagen, die andere Erwachsene nie in ihrem Leben haben würden. Wahrscheinlich war es ein Fluch, der auf ihm lag. Eine späte Rache des Himmels dafür, dass er seinen Bruder mit 9 Jahren hatte töten wollen, oder für das Hinabspucken auf den Diener mit Helene.

Bei dem Gedanken an seine Jugendfreundin musste Ludwig lächeln.

„Ich danke dir. Danke dass du hier bist." die Worte kamen einfach aus Ludwigs Mund, ohne, dass er vorher darüber nachgedacht hatte.

„Sehr gerne. Ich habe gesehen, wie Ihr das Schloss verlassen habt und wollte sichergehen, dass ihr euch an euren Geburtstag nichts antut."

Ludwig konnte sehen, dass nach diesem Satz alle Farbe aus Pauls Gesicht wich.

„Das hätte ich nicht sagen sollen." stotterte Paul, doch Ludwig war froh, dass Paul die Wahrheit gesagt hatte.

Ein kleiner Teil von ihm freute sich darüber, dass endlich jemand erkannt hatte, wie schlecht es ihm ging.

„Dass ich mir etwas antue?" fragte Ludwig, er wandte sich zu Paul.

Dieser räusperte sich.

„Ihr wirkt in den letzten Wochen, nein, Monaten so...traurig. Abweisend. Ich habe mich gesorgt."

Paul vermied den Blickkontakt.

„Wie anmaßend von mir. Vielleicht habe ich auch nur einen Fehler gemacht und deshalb wollt ihr euch mir nicht mehr anvertrauen."

Ludwig schämte sich unglaublich.

Es war genau das passiert, was er mit seinem Schweigen hatte vermeiden wollen. Paul dachte, er sei schuld.

Abweisend und traurig.

Ja, das beschrieb ziemlich genau Ludwigs Stimmungslage der vergangen Monaten.

Nachdem er seine ausweglose Situation angenommen und seinen Umgang mit Paul auf Schadensbegrenzung beschränkt hatte.

Es schmeichelte Ludwig etwas, dass das Paul
aufgefallen war.

Er hatte es bemerkt.

Andererseits hieß das, dass Ludwig sich jetzt erklären musste. Es kam nicht infrage, Paul anzulügen.

Das konnte er nicht.

Nicht schon wieder.

Paul hatte gefragt.

Ludwig war ihm eine Antwort schuldig.

Wenn eh schon ein Fluch auf ihm lastete, was
sollte ihm dann noch passieren?

Vorsichtig griff er nach Pauls Hand, die im
feuchten Gras lag. Mit dem Daumen fuhr er über die
Haut, die sich genauso anfühlte, wie er es sich vorgestellt hatte. Etwas trocken, aber trotzdem weich.

So wie damals, am Klavier.

Ludwig hatte erwartet, dass Paul aufschrecken
und wegrennen würde, doch er blieb ganz ruhig
sitzen und sah mit weichen Gesichtszügen hinunter,
auf seine Hände, die in Ludwigs lagen.

Jetzt war eigentlich Alles gesagt. Da war nichts
mehr, was unausgesprochen in der Luft lag, denn es
brauchte keine Worte mehr.

Ludwig war sich ganz sicher, dass Paul jetzt Alles wusste. Ob das nun richtig war oder nicht.

Die Sonne war mittlerweile völlig aufgegangen,
der Tag war angebrochen.

Ein ganz besonderer Tag.

Ein Kronprinz wurde 18, und das ganze Reich feierte mit ihm. Monarchen aus ganz Europa gratulierten, das Essen wurde von den besten Köchen gekocht, die Gäste zogen ihre schönsten Kleider an und Alle feierten.

Bisher hatte Ludwig sich das immer etwas unbeteiligt angesehen.

Eigentlich hatte jeder auf seinen Geburtstagsfeiern mehr Spaß gehabt, als er selbst, denn er konnte es nicht wirklich verstehen, warum jemand dafür gefeiert wurde, am Leben zu sein.

Doch an diesem Geburtstag war es anders. Mit Pauls Händen in seinen fühlte es sich sehr gut an, am Leben zu sein.

„Alles Gute zum Geburtstag, Ludwig." Paul war der erste, von Hunderten, die ihm an diesem Tag gratulierten.

Danke

Es ist eigenartig, Danksagungen zu schreiben- besonders, wenn das Buch noch gar nicht veröffent- licht wurde.

Trotzdem, oder wahrscheinlich gerade, weil es so eine ungewohnte Situation ist, diesen Schritt nun wirklich zu gehen, möchte ich mich kurz und knapp, aber von ganzem Herzen bei meiner ersten Testlese- rin Florentine, meiner Motivationsrednerin Hannah und natürlich bei meiner Mutter, die mich immer wieder darin bestärkt hat, weiterzumachen, bedan- ken.

Ein weiteres großes „Dankeschön" geht an je- de/n, der/die dieses Buch gekauft, und noch viel wichtiger, gelesen hat.

Ich hoffe, dass es euch gefällt! ☺

Lina Sobolewski lebt und schreibt in Oldenburg, Nieder- sachsen. „Der Schwanenprinz" ist die erste Publikation der jungen Autorin und entstand „als Ausgleich zum ständigen Lernen" während des Abiturs in den Jahren 2023/2024.